ミュージカル『刀剣乱舞』

幕末天狼傳

脚本 御笠ノ忠次
原案 「刀剣乱舞-ONLINE-」より
(DMM GAMES/Nitroplus)

集英社

【第1場】

元治元年六月五日、京都、池田屋。

闇。

薄明かりが射してくる。

新撰組隊士と思しき一人の男の姿が浮かび上がる。

近藤勇　…御用改めである！

池田屋惣兵衛が現れ、

池田屋惣兵衛　お二階の方々！　御用改めでございます！　御用改めで…。

近藤勇は惣兵衛に当身をくらわせる。

崩れ落ちる惣兵衛。

階上から北添佶摩が現れる。

北添佶摩　…新撰組！

脇差を抜こうとする北添。

近藤は階段を駆け上がり北添を突き刺す。

絶叫しながら落下する北添。

浪士　何事じゃあ！

浪士達が現れ近藤を取り囲む。

浪士　貴様は…。

近藤勇　…新撰組局長、近藤勇！

驚愕する浪士達。

浪士　この…壬生狼めがあ！

乱戦が始まる。

近藤が浪士達を斬り倒していく。
永倉新八と藤堂平助が現れて近藤を守るように取り囲む。

近藤勇　京の町を騒がす不逞浪士の輩どもめ。
おとなしく縛につけ。さもなくば…斬る！

襲いかかって来た浪士を斬り倒す。

近藤勇　永倉君、藤堂君、行くぞ！

永倉が力強い剣で複数の浪士を相手に優勢に戦う。
藤堂は軽快に浪士達を駆逐する。

浪士　待てぃ！

近藤達がいなくなる。
沖田総司が現れる。
浪士達が沖田を囲む。

沖田総司　…。
沖田の気に圧される浪士達。

沖田総司　沖田総司、参る！

浪士　…やぁ！
華麗な剣で浪士達を瞬殺する。

沖田総司　…。
刹那、沖田の体に異変が起きる。

沖田総司　！

沖田は喀血する。

沖田総司　…ああ…これが死ってやつか…まいったな…
まだやらなくちゃいけないことがあるのにな…。

倒れ込む沖田。

浪士達が現れる。

沖田総司　…。

他人事のように浪士達を見る沖田。

浪士　かかれぇ！
浪士　覚悟！
浪士　死ねぇ！

気合いの声をあげて沖田に斬りかかろうとする浪士達。
再び咳き込み、崩れ落ちる沖田。
近藤が現れ、浪士達を瞬殺する。

近藤勇　総司！

沖田を抱き起こす近藤。

沖田総司　…やはり労咳か。
近藤勇　…近藤さん…僕にかまわず…。

近藤は微笑み、

近藤勇　馬鹿なことを言うな。

土方歳三が階下に駆けつける。

土方歳三　近藤さん！　無事か！

近藤は笑みを浮かべて応える。

沖田総司　…土方さん。

浪士達が現れて近藤と沖田を取り囲む。

雄叫びをあげて一斉に斬りかかる浪士達。

沖田をかばう近藤。

浪士達の陰に隠れて近藤の姿が見えなくなる。

土方歳三　近藤さん！

近藤は浪士達の刀を撥ね除けて一気呵成に斬り倒す。

近藤は悪戯そうな笑みを浮かべ、

近藤勇　無事だよ、トシ。
土方歳三　…まったく…なんて人だ。
近藤勇　立てるか？　総司。
沖田総司　…何処までも面倒見の良い局長さんですね。

浪士達が現れて三人を取り囲む。

近藤勇　やれやれ…休ませてはくれないものだな。
土方歳三　近藤さん、この喧嘩は俺が引き受けよう。　総司、辛かったら寝てても良いんだぜ。
沖田総司　土方さんはあんまり強くないんだから心配で寝ていられませんよ。
土方歳三　上等だ。　それだけ減らず口叩けるならまだまだくたばりゃしねえよ。

三人の表情からそれぞれ笑みがこぼれる。

近藤勇　…さてと…総司…トシ……行こうか！
土方歳三　おう！
沖田総司　はい！

乱戦が始まる。

近藤、土方、沖田が三方に散ってそれぞれ敵を引きつける。

三人が刀を構える。

彼らを守護するかのように刀剣男士達が現れる。

沖田の背後には大和守安定と加州清光。

土方の背後には和泉守兼定と堀川国広。

近藤の背後には長曽祢虎徹。

沖田総司 …これが…新撰組の戦い方です。

乱戦。

♪ M1『刀剣乱舞』〜幕末天狼傳〜

全員　刀剣乱舞　強く強く　鍛えし鋼
今　解き放つとき
刀剣乱舞　高く高く　誇り　胸に抱《いだ》きて
この身　朽ち果てるとも

蜂須賀虎徹
長曽祢虎徹　汚れなきその光　闇を斬り裂き
黒鉄《くろがね》の拳　荒ぶる闘志
敵を蹴散らす

堀川国広　この胸に秘めしもの　燃え立つ血潮

和泉守兼定　紅蓮の狼　反骨の刃《やいば》　必殺の剣《けん》

大和守安定　ただ君を　守るために

加州清光　水辺に咲いた　深紅の薔薇よ

全員　刀剣乱舞　熱く熱く　この身を焦がし
今　駆け抜けてく
刀剣乱舞　永久《とわ》に永久《とわ》に　主命　胸に抱《いだ》きて
この身　燃え尽きるとも

長曽祢虎徹　終わりゆく　時代の先に　何があるのだろう

和泉守兼定　俺は　走り抜ける　叶わぬ想いがあるものか

全員　刀剣乱舞　強く強く　鍛えし鋼
今　解き放つとき
刀剣乱舞　高く高く　誇り　胸に抱《いだ》きて
この身　朽ち果てるとも

刀剣男士達はかつての主の動きに同調するかのように舞う。
いつのまにか人間達がいなくなり、時間遡行軍との戦いになっている。
蜂須賀虎徹も乱戦に加わる。
敵を駆逐していく刀剣男士達。
光が落ちていく。

【第2場】

本丸。

加州清光と大和守安定が対峙するように現れる。

大和守安定 今日の相手はお前か。

加州清光 鏡見て素振りしてろって感じになるんじゃない？これ。

加州清光と大和守安定が構える。

互いに同じ構え。

大和守安定 行くぞ！

加州清光 来い！

互いに全く同じ打ち込みを繰り出す。

一度離れる。

加州清光　やっぱりこうなったなー。
大和守安定　…この勝負、勝った方が…。
加州清光　?
大和守安定　より主に愛される!
加州清光　え?　ちょ、なにそれ。

大和守安定が激しく打ち込む。
加州清光は真剣な表情になり、

加州清光　だったら…負けるわけにはいかないね!
加州清光が同じように激しく打ち込む。

大和守安定　おお、殺してやるよ!　子猫ちゃん!
ふたりの激しい打ち合い。
やはり互いに同じ攻撃を打ち込む。

ふたりが同時に離れる。

加州清光　やっぱりお互いに、あの人の癖抜け切らないよねー。
大和守安定　だからこそ、剣技の至らないところを探しやすいんだけどね。

長曽祢虎徹がやって来る。

長曽祢虎徹　…ふむ、剣術の稽古か。
加州清光　あ、長曽祢さん！　丁度良かった。
大和守安定　稽古つけてよ！
加州清光　ずるいぞ！　俺が言おうと思ってたのに。
大和守安定　僕が先だ！
加州清光　い〜や俺だ！

加州清光と大和守安定が長曽祢虎徹を奪い合うように引っ張る。

蜂須賀虎徹がいつの間にかやって来てその様子を眺めている。

長曽祢虎徹　お前たち、今日は馬当番ではなかったか？
大和守安定　うわっ。
加州清光　そうだった。
大和守安定　長曽祢さん、後で稽古つけてよね。
加州清光　俺も！
長曽祢虎徹　ああ、約束しよう。
加州清光　よーし、今度は馬当番で勝負だ。
大和守安定　馬当番で勝負って、どうやって？
加州清光　実際のところ、馬ってどうよ？
大和守安定　僕たちの時代だと、もう鎧着て馬乗っての合戦じゃなかったしね。

等々語りながら去って行く加州清光と大和守安定。
長曽祢虎徹は微笑みながら彼らを見送る。
長曽祢虎徹は蜂須賀虎徹に気がつく。

長曽祢虎徹　おっと、お前が相手か。
蜂須賀虎徹　…。
長曽祢虎徹　何処からでも来い。

蜂須賀虎徹　！

長曽祢虎徹と蜂須賀虎徹の手合せが始まる。
蜂須賀虎徹が華麗な攻撃を仕掛ける。
長曽祢虎徹は気合いの声を上げながら力強い攻撃。
互いに全く違っているようで不思議と似通った攻撃を繰り出す。
一度離れて構える蜂須賀虎徹。

蜂須賀虎徹　…来い。
長曽祢虎徹　…いや、これくらいにしておこう。

刀を納める長曽祢虎徹。

蜂須賀虎徹　！

長曽祢虎徹に対し、怒りの表情を浮かべる蜂須賀虎徹。

長曽祢虎徹　流石の腕前だな。

蜂須賀虎徹は苛立ちながら刀を納め、

蜂須賀虎徹　…不愉快だ。

去って行く蜂須賀虎徹。

長曽祢虎徹　…。

和泉守兼定が現れる。

和泉守兼定　…そんなんじゃ稽古にならねえんじゃねえか？
長曽祢虎徹　…まあな。

沈黙。

和泉守兼定　…んじゃまあ長曽祢さん、オレにも稽古つけてもらえるか？

長曽祢虎徹　…和泉守。
和泉守兼定　あん？
長曽祢虎徹　お前は今日、畑当番ではなかったか？
和泉守兼定　んなもんちゃっちゃと終わらせちまったよ。
長曽祢虎徹　そもそも刀が畑当番なんておかしいだろ？
和泉守兼定　刀剣は腕を磨いてなんぼだ。てなわけで一勝負、よろしく頼むぜ。
長曽祢虎徹　先約があるんでな、その後でも良いか？
和泉守兼定　おう！それでいいぜ。
長曽祢虎徹　ふふ、楽しみだな。

長曽祢虎徹がいなくなる。

和泉守兼定　…。

和泉守兼定は難しい表情を浮かべている。

堀川国広がやって来る。

堀川国広　あ、兼さん、こんなところに居た。全く、途中で

和泉守兼定　抜け出したりして。まだ終わってないよ、畑当番。
堀川国広　…。
和泉守兼定　はっ！　難しい顔…。
堀川国広　あ？　してねーよ。
和泉守兼定　何か心配事？
堀川国広　まあ、心配事っつーわけでもねぇんだが…。
和泉守兼定　蜂須賀と長曽祢さんのことで、ちょっとな。
堀川国広　蜂須賀さんと虎徹さん、なかなか上手くいってないみたいだもんね。
おい国広。
あ、そっか、そもそもそれが火種なんだった。どっちも虎徹さんだ。

和泉守兼定は腕組みして考える。

和泉守兼定　…片や真作の虎徹…片や贋作の虎徹…。

堀川国広は和泉守兼定を真似するように、

堀川国広　…一方は名家蜂須賀家で家宝として飾られて
…一方は新撰組局長近藤さんの愛刀だった…。

和泉守兼定　コイツはなかなかどうして難しいもんだな。
堀川国広　うーん。

召集のホラ貝が鳴る。

和泉守兼定　お、召集だ。国広、先に行ってんぞ。

和泉守兼定が走り出す。

堀川国広　あ、兼さん、待ってよ。

堀川国広が追いかける。

【第3場】

本丸。

加州清光がやって来る。

加州清光　加州清光、はいりまーす。

審神者が現れる。

審神者　清光。
加州清光　なにー？
審神者　お疲れさまでした。本日をもって第一部隊隊長の任を解きます。
加州清光　え！　待って。俺、なにかした？
審神者　いいえ、あくまで戦術的な理由です。
加州清光　…良かったぁ…じゃあ…俺に落ち度があったとか、そういうんじゃ…。
審神者　ふふ、違います。
加州清光　だったら仕方ないよね。あんたの命令なんだしさ。
審神者　あなたには引き続き第一部隊に残って頂きます。
加州清光　そうなの？　じゃあ、これからも頑張っちゃおうっかなぁ。
審神者　期待していますよ。
加州清光　ちなみに、新しい隊長って誰になるの？
審神者　蜂須賀虎徹です。

加州清光　うん！　後任に異論無し！
審神者　…清光。
加州清光　なに？
審神者　あなたのその経験を活かして蜂須賀虎徹を助けてあげて欲しいのです。

加州清光は毅然とした態度で、

加州清光　…まかせてよ。三条派のみんなと共に戦って得てきたものを活かしてみせるからさ。
審神者　よろしく頼みますよ。
加州清光　うん。

蜂須賀虎徹がやって来る。

蜂須賀虎徹　主、俺に何か用かな？
審神者　蜂須賀虎徹。
蜂須賀虎徹　ああ。
審神者　あなたを第一部隊の隊長に任命します。
蜂須賀虎徹　俺を…隊長に？

審神者　はい。
蜂須賀虎徹　…引き受けよう。贋作には務まらないからね。
加州清光　というわけで、引き継ぎよろしく！
蜂須賀虎徹　ああ、加州清光。

握手を交わすふたり。
加州清光は去り際に、

加州清光　蜂須賀虎徹。
蜂須賀虎徹　？
加州清光　…第一部隊、隊長就任、おめでとう。
蜂須賀虎徹　…ああ、ありがとう。

加州清光が去る。

審神者　蜂須賀虎徹…あなたが隊長になるのは初めてでしたね。
蜂須賀虎徹　…ああ。
審神者　あなたとも長い付き合いになります。
蜂須賀虎徹　あの頃に比べたら随分仲間も増えた。

審神者　…そうですね。
蜂須賀虎徹　…主、なぜ今になって俺を隊長に？
審神者　時が来たのです。あなたに隊長をやって頂く時が。
蜂須賀虎徹　…わかった…それで、敵の狙いは？
審神者　…その前に、編成を発表しましょう。
蜂須賀虎徹　ああ。
審神者　…新たな第一部隊を編成します。

荘厳な曲が流れる。

審神者　隊長、蜂須賀虎徹。
蜂須賀虎徹　任せてほしい。
審神者　加州清光。

加州清光がやって来て、

加州清光　へへ、改めまして…加州清光、はいりまーす。
審神者　大和守安定。
加州清光　お！

大和守安定がやって来て、

大和守安定　出番だね。了解！
加州清光　お前と一緒かあ。
大和守安定　それはこっちの台詞だよ。
審神者　和泉守兼定。

和泉守兼定がやって来て、

和泉守兼定　へいへい。副隊長でいいのかな？
大和守安定　この編成って…。
加州清光　まさかね…。
審神者　堀川国広。

堀川国広がやって来て、

堀川国広　お手伝いなら任せて！
大和守安定　ということは…。

審神者　…そして…長曽祢虎徹！

蜂須賀虎徹　！

　長曽祢虎徹がやって来て、

長曽祢虎徹　おれの働きを見せよう。

　刀剣男士達が並ぶ。
　複雑な表情を浮かべている蜂須賀虎徹。

審神者　今回はこの編成で任務にあたって頂きます。

加州清光　じゃあ、敵の狙いは…。

審神者　新撰組です。

　刀剣男士達に衝撃が走る。

大和守安定　…かつての主と…出会ってしまうかもしれないね。

　神妙な表情を浮かべている刀剣男士達。

蜂須賀虎徹が一歩前に出て、

蜂須賀虎徹　…主。
審神者　…なんでしょう、蜂須賀虎徹。
蜂須賀虎徹　この編成に疑問がある。

刀剣男士達が驚いて蜂須賀虎徹を見つめる。

審神者　…疑問、ですか？
蜂須賀虎徹　ああ。理由は二つ。一つは、敵の狙いが新撰組ならば戦場は幕末になる。
であれば、俺以上にふさわしい者がいるはず。

刀剣男士達はそれぞれ思いを巡らせている。

蜂須賀虎徹　…そしてもう一つ。

蜂須賀虎徹は長曽祢虎徹を一瞥し、

蜂須賀虎徹　何故俺が偽物と組まされなければならないのか。

刀剣男士達の間に緊張が走る。

蜂須賀虎徹　納得のいく答えを示してもらいたい。
審神者　…そうですねえ。
蜂須賀虎徹　主。

長曽祢虎徹が蜂須賀虎徹を制するように、

長曽祢虎徹　蜂須賀、主には主の考えがあって決めたのだ。
蜂須賀虎徹　…くっ。

悔しげに押し黙る蜂須賀虎徹。

長曽祢虎徹　…主。
審神者　ええ。改めて言うまでもありませんが、我々が敵対する歴史修正主義者は歴史を改竄することを目論んでいます。
それを未然に食い止め歴史を守ること。
それが刀剣男士であるあなた達に与えられた使命。

頷く刀剣男士達。

審神者　無事に任務を遂行してくれることを期待しています。

刀剣男士達は立ち上がり、

加州清光　おしっ、出陣だぁ！

大和守安定　気分を切り替えないとな……出撃するぞ！　ごらぁ！

長曽祢虎徹　討ち入りか。任せてもらおう。

和泉守兼定　へへっ、銃や大砲に出番が取られないなんて、いい感じだぜ。

堀川国広　行こう。銃や砲がいない、僕らの戦場《いくさば》へ。

蜂須賀虎徹　さぁ征こう。俺たちの戦場《せんじょう》へ。

審神者　第一部隊、出陣！

♪

M2『爪と牙』

全員　時を駆けろ　ゆけ鬼神の如く
仇なす敵　薙ぎ倒せ
闇に吼えろ　ゆけ野獣の如く
爪と牙を研ぎ澄ませ

蜂須賀虎徹　己の使命　胸に刻みて
長曽祢虎徹　握る拳に　宿る覚悟
和泉守兼定　血煙りの中　見せる生き様
堀川国広　過酷な運命《さだめ》に逆らえ

加州清光　嗚呼　淡き影
大和守安定　映すは　この刃
加州清光　嗚呼　憐れなり
蜂須賀虎徹　世の無常
長曽祢虎徹　時の移ろい
和泉守兼定　悲しき時代を
堀川国広　斬り裂け

全員　時を超えろ　ゆけ怒涛の如く

はだかる敵　討ち破れ
闇を燃やせ　ゆけ烈火の如く
欺瞞の空　焼き尽くせ
爪と牙を研ぎ澄ませ

大和守安定
嗚呼　幻か

加州清光
瞼に　浮かぶ影

大和守安定
嗚呼　懐かしき

蜂須賀虎徹
その匂い

長曽祢虎徹
過去に囚われ

和泉守兼定
呪縛の鎖を

堀川国広
断ちきれ

全員
走れ走れ　力尽きるまで
信じた道　突き進め
燃えろ燃えろ　命果てるまで
生きた証　焼きつけろ

爪と牙を研ぎ澄ませ

【第4場】

文久三年、正月、武州多摩。

刀剣男士達が現れる。

加州清光が周囲を見渡して、

加州清光　ここは…。

蜂須賀虎徹　文久三年、武州多摩。

加州清光　どうりで。京都にしては田舎だと思った。

大和守安定　ここが…。

大和守安定は感慨深げに景色を眺める。

長曽祢虎徹　そうか、お前達は初めてだったたか。

大和守安定　……うん。新撰組が江戸に戻った時には……沖田くんは……もう……。
長曽祢虎徹　……そうだったな。
加州清光　近藤さんと土方さんは此処で生まれたんだよね？
和泉守兼定　ああ。
大和守安定　……この道は沖田くんも通った道かもしれない。
加州清光　……ん？　ちょっと待って。文久三年ってことは新撰組はまだ結成前？
和泉守兼定　そういうことになるな。
長曽祢虎徹　新撰組結成前の近藤勇や土方歳三を亡き者にして歴史改竄を行う。敵の狙いはそんなところか。

大和守安定は誰かがやって来る気配に気がつき、

大和守安定　……あれは……まさか……。

近藤、土方、沖田がやって来る。

近藤はあまり上等とは言えない服を着ている。
土方は石田散薬の薬箱を背負った行商姿。
沖田は稽古着を着ている。

沖田総司　土方さん。出稽古の時くらい薬売るのやめたらいいのに。
土方歳三　な〜に言ってやがんだ。これが俺の仕事なんだよ。
沖田総司　そうは言ってもねぇ。外聞がよくないですよ。ねぇ、近藤さん。
近藤勇　んー、どうなんだろうな。トシのことだ。何か考えあってのことなんだろう？
土方歳三　流石は勝っちゃんだ。
沖田総司　この人、そんなに深い考え持ってるんですかねぇ。
土方歳三　おい総司、お前の生意気な口にこの石田散薬をぶち込んでやろうか？
沖田総司　ひょっとしたらその口の悪さも治るかもしれねーぞ。
僕の口が悪いのは土方さんの影響ですよ。それに、
口の悪さに効く薬なんて聞いたことがない。
土方歳三　バカヤロー。石田散薬は万能薬だからなんにでも効くんだよ。
俺はガキの頃からこれを飲んでるから風邪ひとつひいたことがねぇ。
沖田総司　じゃあ口の悪さには効かないですね。子供の頃から
飲み続けてるのに土方さんの口はこんなに悪い。
土方歳三　ん、そりゃあ、お前…。
近藤勇　はっはっはっ！トシ、これは総司に一本とられたな。
土方歳三　ともかく！薬の行商はやめん！いいか総司、
稽古ともなれば大なり小なり怪我もするだろ？

沖田総司　そんなときにスッとこの石田散薬を出して売れば一石二鳥じゃねーか。
土方歳三　あー酷い！　怪我をさせておいて薬を売りつけるなんて。
近藤勇　バーカ、怪我させてんのはお前だろうが。
沖田総司　まあまあ、二人とも。
本当の理由は、近藤さんの家にタダで居候させてもらうのが申しわけないから、こうやって薬を売ったお金を周斎先生に納めてるんだって、素直にそう言えばいいのに。
土方歳三　総司！　お前のそういうとこ！
沖田総司　やば！　先に行ってまーす！

沖田が走って逃げる。

土方歳三　待てコラ！

土方が沖田を追う。
近藤は微笑みながら悠々と二人を追う。
かつての主達の姿を見て言葉も無い刀剣男士達。

蜂須賀虎徹　…今のは？
堀川国広　背が高いのが近藤さんで、薬箱を背負っていたのが土方さん、稽古着を着ていたのが沖田さんです。
蜂須賀虎徹　…かつての主達、というわけか。
堀川国広　はい。
大和守安定　…沖田くん、元気そうだったな。
加州清光　…ああ。

蜂須賀虎徹は敵の気配に気がつく。

蜂須賀虎徹　感傷に浸っている暇は無い。
加州清光　え？
蜂須賀虎徹　…任務を忘れるな。
和泉守兼定　…どうやら蜂須賀の言う通りみてえだ。

和泉守兼定が刀を抜く。

時間遡行軍が現れる。

長曽祢虎徹　…時間遡行軍。

全員抜刀する。

蜂須賀虎徹　敵の狙いはあの三人だ！　一兵たりとも通すな！

それぞれ『了解』等の返事。

加州清光　んじゃ、おっぱじめるぜ！

大和守安定　戦闘だぁ！

加州清光と大和守安定の連携。

ふたりが去る。

和泉守兼定　よし！　いっちょ、やってやろうじゃねえか。

堀川国広　さあて、僕も頑張らないとね！

和泉守兼定と堀川国広の連携。

和泉守兼定　いくぜ！
堀川国広　はい。

ふたりが去り、蜂須賀虎徹と長曽祢虎徹が現れる。

蜂須賀虎徹　蜂須賀虎徹…いざ征くぞ！
長曽祢虎徹　長曽祢虎徹、推して参る！

長曽祢虎徹と蜂須賀虎徹の連携は上手く機能しない。
長曽祢虎徹が蜂須賀虎徹の危機を救う。

戦闘が終わる。

堀川国広　なんとか片付いたみたいだね。

蜂須賀虎徹は不快そうに、

蜂須賀虎徹　…余計なことはしないでもらえるか。

和泉守兼定が間に入り、

和泉守兼定　おいおい、兄貴が弟を助けるのが余計なことか？
蜂須賀虎徹　彼を兄だと思ったことは一度も無い。

蜂須賀虎徹が去って行く。

和泉守兼定　お、おい。

長曽祢虎徹は苦笑し、去って行く。

和泉守兼定　おい、全く…。

和泉守兼定が去る。
堀川国広も和泉守兼定を追って去る。
大和守安定は遠くを見つめ、

大和守安定　…なあ清光。
加州清光　ん？

大和守安定 僕達が…新撰組に入隊することが出来たら…

加州清光 沖田くんをすぐ傍で守ってあげられるのにね。

大和守安定 え？

加州清光 例えばだよ、例えばの話。

大和守安定 …うーん…まあ…そんなこと出来るわけ無いと思うけど。

加州清光 …うん、そうだよね。

沈黙。

加州清光 …安定、俺達も行くぞ。

大和守安定 …うん…もう少しだけ。

加州清光 …。

加州清光も去る。

大和守安定 …。

日が落ちていく。

♪ M3　手を伸ばせば

大和守安定

少しでも近づきたいと
思っていた
近づけたら嬉しいと
思っていた
今　この手を伸ばせば
届くほどの距離
同じ景色を見ることも
同じ風を感じることも
できる
この手を伸ばせば…

夕暮れ。

大和守安定

…あ。

近藤達がやって来る。
藤堂が合流している。

近藤勇　本当なのか藤堂君！
藤堂平助　はい！　上洛する将軍の警護の為に広く人材を求めているとのこと！
土方歳三　実力さえあれば…身分は関係無いと！
近藤勇　…侍になれるということか。
藤堂平助　はい！
近藤勇　…トシ…行こう、京へ。
土方歳三　ああ！
近藤勇　総司、お前は？
沖田総司　行きますよ。お二人だけじゃ心配ですし。
近藤勇　ふふ、そうだな。
土方歳三　…勝っちゃん。
近藤勇　ん？
土方歳三　…俺達、侍になれるんだな。
近藤勇　ああ！

近藤、土方、藤堂は駆け出す。
沖田はそんな彼らを嬉しそうに見つめている。

沖田総司　…近藤さんと土方さんが嬉しいなら…僕も嬉しいんですよ。

夕暮れの中、天狼星が輝き始める。

大和守安定　…沖田くん。

大和守安定が去る。
沖田は天狼星を見つめ、去る。
黒猫が現れ、沖田を追いかける。

夜になる。

天狼星が輝いている。

【第5場】

夜。

天狼星が輝いている。

和泉守兼定と堀川国広がいる。

堀川国広　…早速ぶつかっちゃったね、あのふたり。

和泉守兼定　ん？　ああ、そうだな。

堀川国広　…。

和泉守兼定　ま、兄弟喧嘩なんざ本人達の問題だ。外野が首を突っ込むようなことじゃねぇよ。

堀川国広　…それはそうかもしれないけど。

和泉守兼定　なるようにしかならねぇさ。

和泉守兼定がいなくなる。

堀川国広　…そうは言うものの…放っとくわけにはいかないしね…よし！

別空間。

長曽祢虎徹が天狼星を見上げている。

堀川国広　長曽祢さん。
長曽祢虎徹　…堀川国広か。

沈黙。

堀川国広　今回の任務、ちょっと大変ですね。
長曽祢虎徹　…。

沈黙。

堀川国広　何を考えているんですか？
長曽祢虎徹　…。

沈黙。

堀川国広　…蜂須賀さんのこと…。

長曽祢虎徹が初めて反応を示す。

長曽祢虎徹　…なあ、堀川国広。

堀川国広　はい？

言葉を飲み込む長曽祢虎徹。

長曽祢虎徹　…いや…いいんだ…忘れてくれ。

長曽祢虎徹がいなくなる。

堀川国広　…長曽祢さんはこういうとき言葉が少な過ぎるんだよな…。

別空間。

蜂須賀虎徹が天狼星を見上げている。

堀川国広　蜂須賀さん。
蜂須賀虎徹　堀川国広、何かようかな？
堀川国広　…え〜と、蜂須賀さん、今日の戦いのことなんですけど。
蜂須賀虎徹　？
堀川国広　今日の蜂須賀さんの戦いかたを見ていたら、心配になっちゃって。
蜂須賀虎徹　心配、とは？
堀川国広　もう少し肩の力を抜いてもいいと思うんです。今日の蜂須賀さん、僕ら新撰組の刀剣も顔負けなくらい先頭を走っていたから…。

蜂須賀虎徹はしばらく考え、

蜂須賀虎徹　…堀川国広。
堀川国広　…はい。
蜂須賀虎徹　忠告ありがとう。これからも気づいたことがあったら遠慮なく言って欲しい。
堀川国広　え？　はい。
蜂須賀虎徹　…隊長を務めるのは初めてでね…少し気を張り過ぎて

いたのかもしれない…至らない隊長ですまない。

頭を下げる蜂須賀虎徹。

堀川国広　…素直だ。

蜂須賀虎徹　?

堀川国広　いえ。あの、何かあったらいつでも言って下さい。

蜂須賀虎徹　え?

堀川国広　うちの…新撰組の刀剣って変わったひとが多いでしょう?　そんな中にいきなり放り込まれたら色々と大変だと思うんです。なので、何かあったら、なんでも話して下さいね。

蜂須賀虎徹　…ありがとう、助かるよ。

堀川国広　これでも僕、脇差しですから。

笑顔を浮かべる蜂須賀虎徹と堀川国広。
蜂須賀虎徹は再び空を見上げ、

蜂須賀虎徹　…なあ、堀川国広。

♪ M4　理由の在処

堀川国広　なんでしょう。
蜂須賀虎徹　…君達にとって…元の主とはなんなのだ。
堀川国広　…え？
蜂須賀虎徹　俺にはよくわからなくてね。
堀川国広　…僕達にとって…元の主とは…ですか。
蜂須賀虎徹　ああ。

堀川国広　新撰組の刀に宿るのは
強い　強い　思い
同じ羽織　結ばれた絆
誠を尽くし　身を尽くす
決して一人ではない
血よりも深いもので繋がる同志

その…心強さに惹かれる

堀川国広　彼らは…新撰組は…僕達を武器として扱ってくれた最後の人達なんです。
蜂須賀虎徹　…。
堀川国広　彼らが斃《たお》れた後…時代は変わり、戦の主役は銃や大砲になりました。
蜂須賀虎徹　…ああ。

堀川国広　移り行く時代
求められる武器の在り方
変わりゆく戦法
その中で必死に生き抜いた
新撰組の姿…
決して一人ではない
血よりも濃い絆が息づく居場所《ところ》
もし　理由があるとするなら…

堀川国広　最後まで刀にこだわって戦ってくれたんだから…やっぱり好きになっちゃうんですよね、あの人達のこと。
蜂須賀虎徹　…そうか。
堀川国広　？
蜂須賀虎徹　…俺には…それもわからないんだ。
堀川国広　どういうことです？
蜂須賀虎徹　君達が戦っていた頃…俺は飾られていたからね。
堀川国広　…あ。
蜂須賀虎徹　…。
堀川国広　…う～ん…こうなったらアレしか無いな。

堀川国広は満面の笑顔で、

堀川国広　蜂須賀さん。
蜂須賀虎徹　？
堀川国広　飲みましょう！
蜂須賀虎徹　は？

あまりにも意外過ぎる展開に驚く蜂須賀虎徹。

蜂須賀虎徹 堀川国広、何を言って…。

堀川国広 こういう時は飲むに限ります！ 宴会です！

蜂須賀虎徹 しかし…。

堀川国広 これから戦場は京都になるんですよ？ 僕達新撰組は何も戦いばかりに明け暮れてたわけじゃないんです！

堀川国広 京都では楽しいこともたくさんあったんです！ それが…。

蜂須賀虎徹 …宴会？

堀川国広 大正解！ それでは始めましょう！ みなさーん！ 宴会の時間ですよ～！

蜂須賀虎徹 お、おい…。

加州清光がいの一番に駆けつけ、

加州清光 加州清光！ 宴会はいります！

大和守安定がやって来て、

大和守安定 こら清光、調子に乗って飲み過ぎるんじゃないぞ。

和泉守兼定がやって来て、

和泉守兼定　よしよし、今夜は無礼講といこうか！　な！

蜂須賀虎徹と肩を組む和泉守兼定。

蜂須賀虎徹　あ、ああ。

長曽祢虎徹がやって来る。

長曽祢虎徹　…今宵のおれは…酒に飢えている…か。

まだ素面なのにわいわい盛り上がっている刀剣男士達。
堀川国広が酒瓶を持って来て注いでまわる。

和泉守兼定　おい国広、こんな上等な酒、どこにそんな金が？

堀川国広　兼さんの部屋にあった、なんだか高そうなきらきらしたやつを質に入れておきました。

和泉守兼定　お前！
加州清光　いーじゃんいーじゃん！　野暮なこと言わないい！
大和守安定　無礼講なんでしょ。
和泉守兼定　んん…ま、いいか！

いちいち盛り上がる刀剣男士達。

蜂須賀虎徹もいつの間にか雰囲気に巻き込まれている。

堀川国広　…それじゃ。
全員　かんぱ〜い！
長曽祢虎徹　うん、美味い。
堀川国広　京都は伏見のお酒をご用意させて頂きました。
加州清光　よ〜し、どっちが飲めるか競争だ！
大和守安定　仕方ないな、僕の実力を見せてあげるよ。
和泉守兼定　こらこらこら、お前ら、無茶な飲み方は…。

言いながら眠りこける和泉守兼定。

蜂須賀虎徹　和泉守、大丈夫か？
堀川国広　気にしないで下さい、兼さん、お酒はあんまり強くないんで。

堀川国広は和泉守兼定を介抱している。

大和守安定　蜂須賀は酒は強いの？
蜂須賀虎徹　俺は…。

視線が集まる。
蜂須賀虎徹は酒を一気に飲み干す。

堀川国広　…凄い！
蜂須賀虎徹　…こう見えて、蜂須賀家は荒っぽいんだよ。

ますます盛り上がる。

堀川国広　ねえ、そろそろアレやりましょうよ。
加州清光　お、アレか。
大和守安定　いいねえ、アレだね。

和泉守兼定はむくりと起き上がり、

和泉守兼定　おーし、アレだな。ここで一句…。

堀川国広　は〜い、お休みなさ〜い兼さ〜ん。

堀川国広が和泉守兼定を寝かしつける。

堀川国広　長曽祢さん。

加州清光　頼むよ。

大和守安定　久しぶりに見たいな。

長曽祢虎徹　……よし、やるか。

長曽祢虎徹の剣舞。

歌には皆の合いの手が入る。

♪ **M5**　かっぽれ　〜天狼星の下／長《おさ》の背中〜

長曽祢虎徹
加・大・堀

かっぽれ　かっぽれ　(かっぽれ　かっぽれ)
かっぽれ　かっぽれ　(かっぽれ　かっぽれ)
よっ　ヨーイトナ　ヨイヨイ
空は暗いのに　(あ〜くらいのに)
青星がぇ〜あ〜見ゆる　(あ〜ヨイトコリャサ)
あれは狼じゃ　(狼じゃ)
ヤレコノコレワイサ　(ヨイトサッサッサ)
進む先照らす〜　(あ〜先照らす)
ア〜おおかみ星　(あ〜道しるべ)

かっぽれ　かっぽれ　(かっぽれ　かっぽれ)
かっぽれ　かっぽれ　(かっぽれ　かっぽれ)
よっ　ヨーイトナ　ヨイヨイ
よっ　ヨーイトナ　ヨイヨイ

曲が終わり、盛り上がり、暗転。

【第6場】

虫の声。

月明かりが射す。

宴のあと。
大和守安定が旅装束に着替えている。

大和守安定 …みんな…ごめん。

行こうとするが、加州清光が現れる。

加州清光 …ん〜…安定、どうしたの？ その格好。

大和守安定 …清光。

加州清光は大和守安定の様子に気がつき、

加州清光　安定！　お前、まさか…。
大和守安定　頼む清光、見逃してくれ。
加州清光　そんなこと出来るわけないだろう！
大和守安定　僕はもう決めたんだ！

大和守安定が行きかける。

加州清光　待てよ！　安定！

刀剣男士達が現れる。

和泉守兼定　なんだなんだ、なんの騒ぎだ。
堀川国広　まだ朝じゃないですよー。
加州清光　安定が…。
堀川国広　どうしたんですか？　安定さん。

全員の視線が集まる。

大和守安定　……僕は…新撰組に入隊する。

驚く刀剣男士達。

長曽祢虎徹　どういうことだ？
大和守安定　これから先、戦場は京都になる。
和泉守兼定　それはそうだろうが…それでなんでお前が新撰組に？　あ？　入隊だ？
大和守安定　もし敵が既に新撰組に潜り込んでいたら彼らを守ることは出来ない。

驚愕する刀剣男士達。

堀川国広　…確かに…新撰組には薩摩や長州の間者が紛れ込んでいた例もあります…歴史修正主義者が新撰組にスパイを潜入させる可能性は否定出来ない…でも、だからって…。
大和守安定　彼らを守る為には彼らの傍にいることが最善の方法だ。
堀川国広　それはそうかもしれないけど。
加州清光　そんなの無理だってば…。
大和守安定　無理かどうかはやってみなければわからない！

堀川国広　でも、そんなことしたら歴史が変わってしまうのでは？
加州清光　そうだよ、お前が歴史に干渉してしまうことだって…。
大和守安定　そんなヘマはしない！
長曽祢虎徹　…危険だ。もし敵が新撰組に潜入していたらお前がひとりで戦うことになる。
大和守安定　覚悟の上だ！
和泉守兼定　折れちまったらどうすんだよ。
大和守安定　僕はそんなに弱く無い！

沈黙。

大和守安定　蜂須賀、隊長はお前だ…お前が決めてくれ。
蜂須賀虎徹　…しかし。
大和守安定　頼む！　行かせてくれ。
蜂須賀虎徹　…。

他の刀剣男士達は反対の態度を示している。

大和守安定　…くっ。

大和守安定が行きかける。

大和守安定　…お前らは…選ばれたじゃないか…。

加州清光　え？

大和守安定　…お前はあのとき選ばれたじゃないか！

僕は…僕は…沖田くんが大変だったとき…傍にいられなかったんだ！

大和守安定が走り出す。

加州清光　安定！

大和守安定がいなくなる。

長曽祢虎徹　和泉守。

和泉守兼定　ああ、まかせとけ。

和泉守兼定がいなくなる。

加州清光　…なんだよそれ…そんなこと今更言ったってどうにもならないだろ！

加州清光がいなくなる。

蜂須賀虎徹　…どういう意味だ？

堀川国広　…きっと…池田屋のことです。沖田さんは池田屋のとき、清光さんを選んだんです…安定さんではなく。

蜂須賀虎徹　…そうだったのか。

沈黙。

長曽祢虎徹、堀川国広もいなくなる。

蜂須賀虎徹　…選ばれなかった…か。

天狼星が輝いている。

刀剣男士達がそれぞれ別空間に現れる。

♪ M6　選ばれぬ者

蜂須賀虎徹

どのように扱われるかを
俺たちには選べない
それは刀としての宿命
虎徹として飾られる
それが　俺に与えられた運命《さだめ》
受け入れるしかなかった
でも　今は…

長曽祢虎徹

戦うために使われること
俺たちには選べない
それが刀としての宿命
虎徹として人を斬る
それが　俺の果たすべき役割
揺るがぬ現実だった
でも　今は…

蜂・長　選ばれることを　選べない
選ばれぬことを　選べない

加州清光　…勝手なこと言いやがって。

加州清光　今でも思い出す
今でも忘れられない
あの人の血の　ほとばしる熱
こんな思いは　俺だけで十分だ
大和守安定　それでも　共に戦いたかった
ずっと　一緒にいたかった
加州清光　あんな思い
あいつにはさせたくはない
大和守安定　それでも…それでも
和泉守兼定　もしもの話は嫌いだ
嘆いていても仕方ない

俺だって最後まで一緒にいられたわけじゃねえ
だけど　だけど
胸張るしかねえだろ

大和守安定　わかってるよ…。

堀川国広　選ばれることを　選べない
選ばれぬことを　選べない
僕たちだけじゃない
あの人たちだって

和・堀　時代に選ばれずに死んでいった…

長曽祢虎徹　選ばれなかったのは

大和守安定　…わかってる。

堀川国広　みんな同じだよ

全員　選ばれることを　(選ばれることを)
選べない　(選べない)
選ばれぬことを　(選ばれぬことを)
選べない　(選べない)
でも今は　意思を持ち　身体を持つ

大和守安定　だから…
選びたいんだ
何がしたいかを
自分の意志で

蜂須賀虎徹を残していなくなる。

蜂須賀虎徹　時代が…

かつての主が…
俺を
武器として
選ぶことのないまま
飾られている内に
刀の
時代は…
いつの間にか　過ぎた

蜂須賀虎徹　…主よ…なぜこの任務に俺を選んだのだ。

夜空を見上げる蜂須賀虎徹。
雲がかかり、星は見えない。

加州清光がやって来る。

加州清光　…なあ蜂須賀。
蜂須賀虎徹　…？

加州清光　…アイツを…行かせてやって欲しいんだ。
蜂須賀虎徹　だが、君は…。
加州清光　納得なんかいってないよ、全然！　アイツのやろうとしていることは任務から逸脱してる！
蜂須賀虎徹　…。
加州清光　あーくそ！　ムカつくなあ！　なんなんだよこれ！

加州清光は胸を叩き、

加州清光　…ここがさ…なんか変なんだ。
蜂須賀虎徹　…心。
加州清光　そう、それ。
蜂須賀虎徹　…。
加州清光　…厄介だよな、心って…でもさ…この心のおかげで…アイツの気持ち、よくわかるんだ…。
蜂須賀虎徹　…。
加州清光　というわけで…蜂須賀！　お願い！　アイツを行かせてやって！

頭を下げる加州清光。

蜂須賀虎徹　…清光。
加州清光　あ、でも、決めるのは、あくまで隊長のあんただからね。
決定には従うから。それじゃ。

加州清光が行きかける。

蜂須賀虎徹　君が直接伝えてあげた方が彼も喜ぶのでは？

加州清光は立ち止まってゆっくりと振り返り、

加州清光　ぜえええええええっ たいに嫌だ！

ニッコリ笑い、走って去って行く加州清光。
蜂須賀虎徹から笑顔がこぼれる。

朝日が射してくる。

蜂須賀虎徹　…ふふ…不思議なものだな、笑顔一つで明るい兆しが見えてくる。

蜂須賀虎徹は朝日を見つめる。

♪

M7　選ばれぬ者　リプライズ

蜂須賀虎徹

悲観的になるのはやめるよ。
俺は戦う刀としては選ばれなかった
…だが…飾られるものとして選ばれた。

蜂須賀虎徹

大切に飾られていたこと
俺は恥じてなどいない
むしろ刀としての誇り
そしてあなたに選ばれた
それが　この俺の誇り
俺にしか見えないもの

きっと　ある…

蜂須賀虎徹　俺は…俺が正しいと思うことを選ぶよ。

長曽祢虎徹、堀川国広、加州清光がやって来る。

加州清光　…結論…出た？
蜂須賀虎徹　…ああ。

和泉守兼定が大和守安定を連れて来る。

大和守安定　…。

大和守安定は不服そうな顔をしている。

蜂須賀虎徹　…大和守安定。
大和守安定　…なに。
蜂須賀虎徹　…新撰組に潜入するという作戦なのだが。

大和守安定　…。
蜂須賀虎徹　行ってもらおうと思う。
大和守安定　…え？

刀剣男士達は驚きの表情を浮かべている。

和泉守兼定　だが、そんなことしちまったら歴史が変わっちまうんじゃねえのか？
蜂須賀虎徹　歴史を変えないように潜入すればいい。
和泉守兼定　なんか方法があんのか？
蜂須賀虎徹　歴史の流れは大きな河のようなものだ…小さな変化は後の世に大きな変化を残しはしない…残ったとしても、それは歴史解釈の内におさまる…そこを突けばいい。
和泉守兼定　どういうことだ？
堀川国広　ようするに目立つなってことじゃない？
和泉守兼定　あ？　んな簡単なことなわけねぇだろ。
蜂須賀虎徹　その通りだ。
和泉守兼定　ああ？
蜂須賀虎徹　これは決して簡単なことではない。敵はいつ現れるかわからないんだ。任務は長期間になるだろう。

和泉守兼定　…その間、あくまで人間のふりをして隊士として生活しろってことか？
蜂須賀虎徹　そうだ。
堀川国広　短気な兼さんには向いてないね。
和泉守兼定　だとコラ。
堀川国広　言ってるそばから。
蜂須賀虎徹　…それから…かつての主と会話をすることも許されない。

静寂。

和泉守兼定　…案外…辛いかもな、そいつは。
蜂須賀虎徹　それでも行くか？　大和守安定。
大和守安定　…行く。
加州清光　安定。
大和守安定　…今度は僕が沖田くんを守る番だ。
加州清光　…。

大和守安定がいなくなる。

長曽祢虎徹　蜂須賀、おれはこの作戦には反対だ。わざわざ危険を冒す意義が何処にある。

蜂須賀虎徹　新撰組なら…。
長曽祢虎徹　？
蜂須賀虎徹　隊長の決定には従ってもらう。

蜂須賀虎徹が歩き出す。

長曽祢虎徹　…。

刀剣男士達は顔を見あわせて蜂須賀虎徹の後を追う。

【第7場】

黒猫がいる。
文久三年九月、京都、壬生村。
黒猫が気配を察していなくなる。

新撰組の隊服を着た近藤、土方、沖田が現れる。
沖田は嬉しそうに、

沖田総司 はは、みんなお揃いですね。
土方歳三 総司、馬子にも衣装だな。
沖田総司 そっくりそのままお返しします。
土方歳三 あん？
沖田総司 あれ？ 土方さん、何かが足りないな。

沖田は土方の周囲をくるくる回り、

沖田総司 そうだ！ 薬箱が足りないんだ。土方さん、例の石田散薬の薬箱、背負った方がいいですよ。じゃないと誰も土方さんだって気づかない。
土方歳三 ようし総司、そこを動くな。今からお前を粛正してやる。
沖田総司 うわ！ やば！

沖田が走って逃げる。
近藤は笑って二人を見ている。

土方は改まった様子で、

土方歳三　近藤さん。
近藤勇　ん？　どうした、トシ。
土方歳三　いよいよだな。名前も頂いた。新撰組、新しく選ばれし者。
俺達にうってつけじゃねぇか。
近藤勇　ああ。
土方歳三　これから近藤さんは新撰組の大将だ。俺は近藤さんを支える為なら鬼にでもなるよ。
近藤勇　ははは、鬼の副長か。
土方歳三　俺は本気だ。
近藤勇　ふふ、お前がたとえ鬼と呼ばれようとも、俺にとってトシはトシだよ。
土方歳三　…近藤さん。

近藤は土方の肩をポンと叩き、いなくなる。
隊服を着た大和守安定が現れる。

土方歳三　…奥沢君。
大和守安定　…はい。

土方歳三　俺は新撰組を強くする…命がけでついて来いよ。
大和守安定　…はい。
土方歳三　…それからお前。
大和守安定　？
土方歳三　…ちょっと暗いな。
大和守安定　…。
土方歳三　ま、いいけどな。

土方がいなくなる。

大和守安定　…。

大和守安定は懐から薬を取り出す。

大和守安定　…。

慌てて薬をしまう大和守安定。

堀川国広が現れる。

堀川国広　…安定さん？
大和守安定　あ、ああ、堀川、報告だよね？
堀川国広　はい…状況はどうですか？
大和守安定　…敵はまだ尻尾を見せないな。
堀川国広　まだ特定は難しいですか？
大和守安定　うん、少し時間がかかるかもしれない。
堀川国広　わかりました。決して無理はしないで下さいね。
大和守安定　うん、了解。

堀川国広がいなくなる。
ほっとして胸をなで下ろす大和守安定。
薬を隠した懐を押さえる。

大和守安定　…。

大和守安定がいなくなる。

【第8場】

壬生寺。

夕暮れ。

沖田が抜刀して刀を見つめ、

沖田総司　…会津藩お預かりになったとはいえ…まだ侍になれたわけではない…。

沖田は稽古を始める。

沖田総司　…近藤さんや土方さんが侍になる為には…何か手柄が必要だ…。

大和守安定がやって来て沖田を見つめる。

沖田総司　…その為に…僕には何が出来る…僕に出来ることは…

剣をふるうことだけ…手柄だ…手柄が必要なんだ…
近藤さんと…土方さんの夢を叶える…それが…僕の…。

一心不乱に稽古をする沖田。
突然稽古を止め、

沖田総司　…奥沢君。
大和守安定　！
沖田総司　覗き見は良く無いですよ。
大和守安定　…。
沖田総司　稽古が見たいならそう言えばいいのに。
大和守安定　…。
沖田総司　無口ですねえ、君は。
大和守安定　…。
沖田総司　変な人だ。
大和守安定　…。
沖田総司　まあ、新撰組は変な人だらけですけど。
大和守安定　…。
沖田総司　そんなところが新撰組の良いところなのかもしれませんね。

大和守安定　…。
沖田総司　どうぞ。

沖田が構える。

大和守安定　？
沖田総司　稽古つけて欲しいんでしょう？

大和守安定は動揺する。

沖田総司　大丈夫ですよ。真剣だからって斬ったりはしません。
大和守安定　…。

大和守安定も構える。
対峙する大和守安定と沖田。

沖田総司　へぇ、驚いた。実は結構やるんですね、奥沢君。
大和守安定　…。
沖田総司　どうぞ。打ち込んできて下さい。

大和守安定はためらいつつも打ち込む。
沖田は何度か受け、

沖田総司　はは、なるほど、何処かで見たような太刀筋だ…で、あれば…。
沖田は大和守安定の攻撃に対して全く同じ動きで対応する。
沖田総司　ははは、面白いですね！　奥沢君の攻撃が手に取るようにわかる。
大和守安定　…。
大和守安定の顔にも笑顔が浮かぶ。
沖田総司　はい、これまで。
沖田が納刀する。
大和守安定も納刀する。
沖田は近藤のモノマネをし、

沖田総司　お前の剣は自分の身を守ろうって意志が全く感じられん。
　　　　　そんなんじゃ命が幾つあっても足らんぞ。
大和守安定　？
沖田総司　ふふ、昔、近藤さんによく言われたんです。
　　　　　この言葉、奥沢君に差し上げますよ。
大和守安定　…。
沖田総司　あんまり無茶な戦いかたはしないで下さいね。
　　　　　命は一つしかないんですから。

　　　大和守安定は込み上げてくる感情を誤魔化すように
　　　深々と礼をする。

　　　沖田も礼をする。

沖田総司　また、いつでも稽古つけてあげますよ。奥沢君との稽古は楽しい。

　　　大和守安定は一礼して去る。
　　　沖田は本格的に稽古を始める。
　　　大和守安定は遠くから沖田を見つめる。

大和守安定　…沖田くんは…心が美し過ぎたんだね。

大和守安定は懐から薬を取り出す。

大和守安定　…。

沖田を見て、葛藤しつつも薬をしまう大和守安定。

大和守安定がいなくなる。

沖田が納刀する。

沖田総司　！

急に咳き込む沖田。

沖田は手のひらを見つめ、

沖田総司　…急がないとね。

黒猫が現れる。
天狼星が輝いている。

【第9場】

蜂須賀虎徹が夜空を見上げている。

加州清光がやって来る。

蜂須賀虎徹　…。
加州清光　…や。
蜂須賀虎徹　加州清光か。
加州清光　何してるの？
蜂須賀虎徹　…星を。
加州清光　星？
蜂須賀虎徹　…あの明るい星。

加州清光　…ああ、シリウスか。
蜂須賀虎徹　シリウス。
加州清光　天狼星とも言うんだって。
蜂須賀虎徹　天狼星？　詳しいんだな。
加州清光　前に聞いたことがあるんだ…あれ？　誰から聞いたんだっけな。

加州清光の様子を見て、蜂須賀虎徹が微笑む。

加州清光　ま、とにかく、太陽の次に明るい星なんだってさ。
蜂須賀虎徹　…太陽の…次…二番目に明るい星か。
加州清光　うん。

加州清光は刀を抜き、鍛錬を始める。
加州清光の動きは沖田の動きと酷似している。

蜂須賀虎徹　…なあ、清光。
加州清光　ん～？
蜂須賀虎徹　…大和守のことなのだが。
加州清光　うん。

蜂須賀虎徹　…心配ではないのか？
加州清光　心配？　う〜ん…心配かぁ…心配か心配じゃないかと言われたら心配なんだろうけど〜。

加州清光は鍛錬を続けている。

加州清光　どうしてそんなこと聞くの？
蜂須賀虎徹　…俺のした選択は…彼を行かせたことは…正しかったのかと思ってな。
加州清光　…正しいか正しくないかはわからないけど…。
蜂須賀虎徹　？

加州清光は鍛錬を止めて蜂須賀虎徹を見る。

加州清光　俺は蜂須賀には感謝してるよ。
蜂須賀虎徹　…感謝？
加州清光　うん。
蜂須賀虎徹　…。

加州清光が鍛錬を再開する。

加州清光　…きっと主はさ…俺達がこうやって、ぶつかったり、悩んだりすること？　そんなこともわかった上で編成してるんじゃないかなぁ。

蜂須賀虎徹　…。

加州清光　そう考えるとさ～、全部あの人の手の内ってこと？

蜂須賀虎徹　なんかそれって～、ちょっとムッとしちゃうよね～。

…。

加州清光は手を止めて、

加州清光　…でもさ。

蜂須賀虎徹　？

加州清光　…主はさ…俺達が真剣に悩んで出した答えなら…それが結果的に間違ってたとしても…認めてくれると思うんだ。

蜂須賀虎徹　…。

加州清光　…間違ったら、間違ったところからまたやり直せばいいって…ね。

蜂須賀虎徹　…そうか。

加州清光は鍛錬を再開し、

加州清光　うん、そう思うよ〜。

堀川国広がやって来る。

堀川国広　…。
蜂須賀虎徹　…どうした？　堀川国広。
堀川国広　…安定さんが。
加州清光　？

加州清光は手を止める。

堀川国広　…歴史を変えようとしているかもしれません。
蜂須賀虎徹　どういうことだ？
堀川国広　…報告を受けとりに向かったんですけど…。

回想、大和守安定が現れる。

大和守安定　…。

薬を見つめている。

堀川国広　…安定さん。

大和守安定　！

慌てて薬を懐にしまう大和守安定。

堀川国広　何を隠したんですか？

大和守安定　…別に…何も…。

堀川国広　…。

大和守安定　…。

無言で見つめ合う大和守安定と堀川国広。

大和守安定　…任務に、戻るよ。

行きかける大和守安定。

堀川国広　…薬。

大和守安定の足が止まる。

堀川国広　…やっぱり。
大和守安定　…。
堀川国広　安定さん！　それは駄目です…それだけは絶対…。
大和守安定　…。
堀川国広　…それをやってしまっては…歴史が変わってしまう…それだけは…。
大和守安定　…堀川。
堀川国広　…？

大和守安定は悲しげな笑みをたたえて、

大和守安定　…僕が…そんなことするわけないじゃないか…そんなことしたら…僕は歴史修正主義者と何も変わらない…。
堀川国広　…。
大和守安定　…信じてよ。

大和守安定が走り去って行く。

堀川国広　安定さん！

堀川国広の声は届かない。

回想が終わる。

堀川国広　…。

蜂須賀虎徹　薬？　まさか、沖田総司に…。

堀川国広　わかりません　でも、そうとしか…。

加州清光　…。

何事も無かったかのように鍛錬を再開する加州清光。

堀川国広　清光さん。

加州清光は鍛錬を続けている。

蜂須賀虎徹　清光！　今は鍛錬などしている場合では…。
加州清光　だ〜いじょ〜ぶだって。
堀川国広　え？
加州清光　心配無いよ…安定がそんなことするはずがない。
堀川国広　でも…。
加州清光　…俺は信じるよ。

加州清光は鍛錬を続けている。

堀川国広　…。
蜂須賀虎徹　…。

加州清光は手を止め、

加州清光　…でもさ。
蜂須賀虎徹　？
加州清光　…万が一…万が一だよ…もし、アイツが…間違っちゃって
…その間違いを改めないまま突っ走っちゃったらさ…。

加州清光は力無い笑顔を浮かべ、

加州清光　…その時は…俺に斬らせてくれ。
蜂須賀虎徹　！
堀川国広　！

加州清光はぺこりと頭を下げ、

加州清光　…頼む。
蜂須賀虎徹　…清光。

長曽祢虎徹と和泉守兼定が駆け込んで来る。

蜂須賀虎徹　どうした？
和泉守兼定　安定から連絡があった…時間遡行軍と思われる動きがあったそうだ。
蜂須賀虎徹　それで？　敵の狙いは？
長曽祢虎徹　元治元年六月五日…池田屋だ。

一瞬の間、駆け出す刀剣男士達。

【第10場】

元治元年六月五日、京都、祇園会所。

夜。

新撰組の面々がいる。
土方がやって来る。

近藤勇　…トシ。
土方歳三　…駄目だ。不逞浪士の集合場所が絞り込めない。
沖田総司　可能性が高いのは？
土方歳三　…池田屋、それから四国屋。
藤堂平助　二隊に分けるだけの人数は…。

静寂。

近藤勇　…総司。
沖田総司　はい。
近藤勇　永倉君、藤堂君、奥沢君。

それぞれ返事をする。

近藤勇　トシ、俺は彼らを連れて池田屋へ向かう。トシはあとの者を連れて四国屋へ向かってくれ。
土方歳三　近藤さん、その人数じゃ無茶だ！　もし敵の集合場所が池田屋だったら…。

近藤は笑いながら、

近藤勇　なあに、トシ達が合流するまで耐えてみせるさ。
土方歳三　危険だ。池田屋へは俺が向かう。
近藤勇　トシ、これは命令だよ。
土方歳三　…。

土方は近藤を睨みつけつつも身を翻し、

土方歳三　…四国屋へ向かうぞ！

隊士達が「おう！」と応える。
土方が隊士達を引き連れて出て行く。
沖田は無邪気に、

沖田総司　はは、近藤さん。僕は死ぬ確率が高い方ってわけですね。

近藤勇　お前は俺のそばにいろ。

近藤は沖田に耳打ちし、

近藤勇　…決して無理はするな。

沖田総司　！

近藤は身を翻し、

近藤勇　行こう、池田屋へ。

藤堂達が「おう！」と応える。
近藤、永倉、藤堂、大和守安定が出て行く。

沖田総司　…かなわないな…近藤さんには。

沖田も出て行く。

【第11場】

土方の隊が走り抜ける。

土方歳三　急げ！　後れを取るな！

和泉守兼定、堀川国広、長曽祢虎徹が現れる。

和泉守兼定　…さて、いよいよか。

時間遡行軍が現れる。

和泉守兼定　へへっ、おいでなすった。池田屋には近づけさせねえぞ？
堀川国広　この時間帯だと……そろそろ討ち入り始まってるのかな。
長曽祢虎徹　ああ。元の主に鉢合わせると事だ。出てくる前に急いで片付けるぞ。
和泉守兼定　行くぜ！

戦闘が始まる。
連携して敵を駆逐する刀剣男士達。
戦闘が終わる。
長曽祢虎徹はしゃがみ込んで倒れた敵兵に触れ、複雑な表情を浮かべる。

長曽祢虎徹　…。
和泉守兼定　おい、何難しい顔して考え込んでんだよ、敵は待っちゃくれねーぞ！

和泉守兼定が走り去る。

長曽祢虎徹　……和泉守兼定に言っておけ。暴れるのはいいが、うっかり橋に刀傷付けたりするなと。

堀川国広　ああ……僕らがそれをやっちゃったら歴史が狂いますよね……。

長曽祢虎徹、堀川国広がいなくなる。

【第12場】

池田屋。

既に乱戦が始まっている。

大和守安定も加わっている。

近藤勇　京の町を騒がす不逞浪士の輩どもめ。

おとなしく縄につけ。さもなくば…斬る！

近藤、永倉、藤堂が奮戦する。

近藤勇　新八、平助、行くぞ!!

近藤、永倉、藤堂が去る。
大和守安定は沖田がやって来る方角を気にしながら去る。

沖田が現れる。
浪士達が沖田を囲む。
沖田の気に圧される浪士達。

沖田総司　沖田総司参る！

沖田の華麗な剣が浪士達を瞬殺する。
沖田の体に異変が起きる。喀血する沖田。
黒猫が現れる。

沖田総司　…ああ…これが死ってやつか…まいったな
…まだやらなくちゃいけないことがあるのにな…。

沖田は天を仰ぎ、

沖田総司　…あの星が…見えない…はは…そっか…冬の星だもんな…。

沖田は刀を地面に突き立てて身体を支えようとするが倒れ込む。

大和守安定が現れる。

大和守安定　…沖田くん。

手を差し伸べようと葛藤する大和守安定。
懐に手を入れ、薬を取り出す。

大和守安定　…これを使えば…沖田くんは生きることが出来る
…生きることが…。

息が荒くなる。

黒猫が大きくなり、沖田と大和守安定を飲み込もうする。

大和守安定　…うああああああああああああああああああああああああ!

何かを撥ね除けるように叫ぶ大和守安定。

黒猫がいなくなる。

静寂。

大和守安定　…沖田くん…僕はずっと考えていたんだ…
もし君が病気にならなかったら…長生きすることが出来たら…
歴史はどうなっていたんだろうって……ひょっとしたら
新撰組が負けることも無くて…刀の時代が終わることも無かったんじゃ
ないかって…おかしいだろ? そんなことまで考えたんだ。

大和守安定は力無く笑みを浮かべ、

♪M8　手を伸ばせば　リプライズ

大和守安定

今　手の中には
握りしめた　もしも
僕が君を救う　もしも
君に生きていてほしい　もしも
そんな
夢を見たかった…

でもね　最初からわかってた
全部　知ってたよ
沖田くんは沖田くん
病気に倒れても
長生き出来なくても…

少しでも近づきたいと
思った…君だ

大和守安定は薬を握りしめる。

大和守安定 …肉体を持つって辛いね…アイツが
僕を君の元へ行かせたがらなかったのは…
僕にまでこんな思いをさせたくなかったからなんだね。

大和守安定は薬を見つめ、

大和守安定 …歴史を変えちゃいけない本当の理由がわかった気がするよ…
ごめんね沖田くん…僕は君を否定しようとしていたのかもしれない。

薬を懐にしまう。

大和守安定 でも…もう

迷わない

大和守安定
少しは近づけたかな？
沖田くんに
少しは近づけたよね？
沖田くんに

それで十分だ…

大和守安定
…君の持ち刀で本当に良かった…
君のおかげで…アイツと出会えたんだ…ありがとう。

深々と頭を下げる大和守安定。

時間遡行軍が現れる。

大和守安定
…来たな。

時間遡行軍がじわりじわりと大和守安定を取り囲む。

大和守安定　…沖田くんには指一本触れさせない…行くぞ！　オラア！

大和守安定は沖田から教わった剣技を繰り出す。

大和守安定　沖田くん…。

近藤がやって来る。

大和守安定は隠れる。

近藤勇　総司！

沖田を抱き起こす近藤。

近藤勇　…やはり労咳か。

沖田総司　…近藤さん…僕にかまわず…。

近藤勇　馬鹿なことを言うな。

沖田総司　…近藤さん。

近藤が沖田を抱えていなくなる。
大和守安定が現れて二人が去って行った方を見つめる。

大和守安定　…。

蜂須賀虎徹が現れる。

蜂須賀虎徹　大和守。
大和守安定　…蜂須賀。
蜂須賀虎徹　…沖田総司は？
大和守安定　…清光から聞いていた通りだった…血を吐いたよ…たくさん。
蜂須賀虎徹　…そうか。
大和守安定　…うん。
蜂須賀虎徹　…大丈夫か？
大和守安定　…僕は…あのとき池田屋には来られなかったから…傍にいられて良かったよ。
蜂須賀虎徹　…。
大和守安定　…蜂須賀。
蜂須賀虎徹　？

大和守安定　…行かせてくれてありがとう。

蜂須賀虎徹が微笑む。

蜂須賀虎徹がいなくなり、
敵を引きつけながら和泉守兼定が現れる。

和泉守兼定　気合入れろよ。こいつら、邸内の戦闘で疲弊した
連中を狩る気だ。絶対に通すんじゃねーぞ！

大和守安定　疲弊……か。沖田くんは……ここで無理しなければ長生き出来たのかな？

和泉守兼定　さてね。だが、たとえ時を超えても、
オレたちにできるのは敵を斬ることだけだ。病は斬れねーよ。

大和守安定　……そうだね。沖田くんの運命は変えられない。
…変えさせない。誰にも！

戦闘。

和泉守兼定がいなくなり加州清光が合流する。

大和守安定　…清光。
加州清光　…安定。

互いに見つめ合う。

加州清光　…気は済んだか？
大和守安定　…ああ。
加州清光　…なあ、安定…あのとき、あの人が俺を選んだのは…。
大和守安定　清光。
加州清光　え？
大和守安定　らしくないぞ。
加州清光　…安定。
大和守安定　あの人のことなら僕もよく知っている。
加州清光　うん。
大和守安定　…あのとき…沖田くんが僕じゃなくてお前を選んだのは…。
加州清光　…うん。

大和守安定は悪戯そうな笑顔を浮かべ、

大和守安定　たまたまだ。

加州清光も大和守安定の笑顔を受けて微笑み、

加州清光　…ああ、違いない。

ふたりの笑い声が響く。

加州清光　安定。

時間遡行軍が現れる。
背中合わせになる大和守安定と加州清光。

大和守安定　敵が多いな……。
加州清光　あははっ。盛大な歓迎だなぁ。人気者は辛いよね。
大和守安定　馬鹿言ってないで、真面目にやるぞ！
加州清光　わかってるって。でもさー、孤軍奮闘してたあの人よりは全然楽な状況だしさ、これ。
大和守安定　はぁ……。油断してて、折れたり欠けたりしても知らないぞ？

加州清光　……それはぞっとしないな。よし、ちょっと本気出しちゃおっかなー！

戦闘。

大和守安定が去り、長曽祢虎徹が現れ加州清光と合流する。

加州清光　ふぅ、ざっとこんなもんかな。
長曽祢虎徹　……先程、危うく顔を合わせそうになったな。
加州清光　そーね。危ない危ない……もしかして、未練でもあった？
長曽祢虎徹　……いや。どちらかと言うと、お前の方こそそうではないのか？
加州清光　そうねー。こんな時に血ぃ吐いてるんじゃないよ、とかもうちょっと大事に使ってよ、とか文句はあるけどさ。
長曽祢虎徹　やはり、お前……？
加州清光　早とちりしない。それを言う資格があるのはこの時代にいる加州清光で、未来から来た俺じゃない。そうでしょ？
長曽祢虎徹　……そうだな。ここから先、敵を通さぬことだけが今のおれたちにできることだ！

加州清光がいなくなる。

蜂須賀虎徹が現れる。

長曽祢虎徹 ……。

蜂須賀虎徹 ……。

表情を歪める蜂須賀虎徹。
敵の大群に囲まれる。

長曽祢虎徹 蜂須賀、敵の数が多い。ここは一度撤退して皆と合流しよう。

蜂須賀虎徹は連携を拒否するように背中を向ける。

長曽祢虎徹 ……。

蜂須賀虎徹が戦闘を始める。
長曽祢虎徹も仕方無しに戦闘に加わる。
敵を駆逐する。
少し息があがっている蜂須賀虎徹。

他の刀剣男士達が駆けつける。

堀川国広　凄い……これだけの敵をたったふたりで……。

蜂須賀虎徹は独り言ちるように、

蜂須賀虎徹　…俺だって…これくらい戦えるんだ…。

長曽祢虎徹　…。

敵が一体起き上がり、蜂須賀虎徹を狙う。

堀川国広　危ない！

長曽祢虎徹　蜂須賀！

蜂須賀虎徹　！

身を挺して蜂須賀虎徹を守る長曽祢虎徹。

長曽祢虎徹　ぐ！

堀川国広　長曽祢さん！
長曽祢虎徹　でぇりゃ！

傷を負いながらも敵を斬り倒す長曽祢虎徹。

堀川国広　大丈夫ですか？

堀川国広と加州清光が駆け寄って長曽祢虎徹を支える。

長曽祢虎徹　…大丈夫だ…こんなもの、怪我のうちに入らん。

大和守安定は遠くを見て、

大和守安定　近藤さん達が…。

刀剣男士達が走り去る。
沖田を抱えた近藤がやって来る。

近藤勇　だから言っただろ、無理をするなと。

土方が遅れてやって来る。

土方歳三　近藤さん！　総司！　無事か？
沖田総司　…はは、土方さん、石田散薬は持ってませんか？
土方歳三　あ？　持ってねぇよ、そんなもん。
沖田総司　…はは、相変わらず使えないなあ土方さんは…。
土方歳三　そんだけ減らず口叩けるなら大丈夫だな。

大勢の不逞浪士が三人を囲む。

近藤勇　…何人たりとも…コイツらに手を出す奴は許さん！
土方歳三　…やれやれ…面倒見の良い兄貴だ。

沖田は立ち上がり、

沖田総司　…元気な局長さんですねえ。

近藤は微笑み、

近藤勇　行くぞ、トシ、総司。

「おう!・」と応え戦闘。

三人は何処か楽しそうに戦っている。

【第13場】

刀剣男士達がいる。

堀川国広　大丈夫ですか?

長曽祢虎徹　…軽傷だ。問題無い。

蜂須賀虎徹　…なぜ…。

長曽祢虎徹　?

蜂須賀虎徹　なぜ助けた?

長曽祢虎徹　…当然のことだと思ったからだ。

蜂須賀虎徹　刀の本懐は敵の命を奪うことだ。たとえ俺がやられようとも、
長曽祢虎徹　その隙に敵を倒せばよかったはずだ。
蜂須賀虎徹　…おれには…そんな戦いかたは出来ない。
長曽祢虎徹　それが新撰組の戦いかたじゃなかったのか！
蜂須賀虎徹　…ああ…否定はしない。
長曽祢虎徹　だったら…。
蜂須賀虎徹　だから！
長曽祢虎徹　…？
　　　　　　…だから…新撰組は負けたんだよ。

言葉も無い刀剣男士達。

長曽祢虎徹　…だから…刀の時代は終わったんだ…。

沈黙。

蜂須賀虎徹　…どういう意味だ。
長曽祢虎徹　…。

長曽祢虎徹は言葉を飲み込む。

蜂須賀虎徹　…不愉快だ。

蜂須賀虎徹が去って行く。
長曽祢虎徹の表情が苦痛にゆがむ。

堀川国広
大和守安定
加州清光
長曽祢さん!!
とにかく、治療しないと。
ああ。

加州清光、大和守安定が長曽祢虎徹を支えようとする。

和泉守兼定　あ~こらこら、どいたどいた。お前らが支えたんじゃ長曽祢さんが歩きにくくてしょうがねえや。

和泉守兼定がひとりで支える。

長曽祢虎徹　すまんな。

和泉守兼定は長曽祢虎徹にだけ聞こえる声で、

和泉守兼定　…心にあることはちゃんと言葉にしてやれよ…。

長曽祢虎徹　言葉にしねぇとわからねぇことだってあるんだってよ。…。

和泉守兼定は冗談めかして、

和泉守兼定　そうら手入れだ手入れ。いかついアンタを美しくしてもらおうぜ！

長曽祢虎徹　お、おい、兼定。

和泉守兼定が長曽祢虎徹を背負っていなくなる。

刀剣男士達が彼らを追う。

【第14場】

夜。

蜂須賀虎徹は天狼星を眺めている。

♪M9　高い壁

蜂須賀虎徹

本当は知っているんだ
から回る　この想いの名前を
本当はわかっているんだ
くすぶるこの想いの名は
羨望
憧れ
俺は　どうしたかったのだろう？
偽物のくせに

強い…
強すぎるあなたと一緒に…

でも
隔てるのは
高すぎる壁
築き上げたのは
俺自身
壊した先には…何がある？

和泉守兼定がやって来る。

蜂須賀虎徹　和泉守。
和泉守兼定　御用改めである!!
和泉守兼定は抜刀し蜂須賀虎徹に斬りかかる。
蜂須賀虎徹はかろうじて躱す。

蜂須賀虎徹　どういうつもりだ！
和泉守兼定　抜けよ。その派手ななりは見かけ倒しか？
蜂須賀虎徹　貴様！

　　蜂須賀虎徹が抜刀する。
　　数回打ち合う。

和泉守兼定　おお、良いじゃねぇか。あんたは戦う姿も良い。
蜂須賀虎徹　？
和泉守兼定　刀は見た目だけじゃねえが、見た目が良くて損するわけでもねえ。武器が一個多いってことさ。
蜂須賀虎徹　？
和泉守兼定　実用性一辺倒じゃ華がねえ。見た目だけじゃ話にならねえ。その点、オレはどっちも備えてる。
蜂須賀虎徹　何が言いたいのだ、和泉守！
和泉守兼定　…あんたはどうなんだ？　あんたの実用性はよ。
蜂須賀虎徹　…。

　　和泉守兼定は刀を納める。

和泉守兼定　大事に飾られてたんだって？
蜂須賀虎徹　…。

蜂須賀虎徹が納刀する。

和泉守兼定　…いいじゃねえか、それならそれで。
蜂須賀虎徹　…別にそのことを気にしているわけではない。
和泉守兼定　あん？　だったらなんで…。

沈黙。

和泉守兼定　なあ。
蜂須賀虎徹　？
和泉守兼定　…長曽祢さんの何が気に入らねえんだ。
蜂須賀虎徹　…。
和泉守兼定　…オレはあんたのことは立派な隊長だと思ってる。
だがな、あんたは長曽祢さんのこととなると途端に目が曇る。
蜂須賀虎徹　…。

和泉守兼定　何か理由があんのか？

蜂須賀虎徹　…彼は戦いを望んではいない…。

和泉守兼定　…だろうな。

蜂須賀虎徹　…それなのに…身を挺してまで仲間を助けようとする。

和泉守兼定　…ああ。

蜂須賀虎徹　…彼は…強い…。

蜂須賀虎徹は天狼星を見上げる。

和泉守兼定　…ああ…そうだな…あのひとは強ぇ…だが…。

蜂須賀虎徹　？

和泉守兼定　…哀しい。

蜂須賀虎徹　哀しい？

和泉守兼定　ああ、そうは思わねえか。

蜂須賀虎徹　…哀しい…哀しいか。

和泉守兼定　オレにはそう見えるぜ。

蜂須賀虎徹　…。

和泉守兼定　…強い奴にはな…理由があんだよ。

蜂須賀虎徹　…理由。

和泉守兼定　…強い奴はな…強くならざるを得なかったから強ぇんだ
蜂須賀虎徹　…オレのかつての主もそうだった。
和泉守兼定　…？
蜂須賀虎徹　人間で言うところのな、哀しみってやつを抱えれば抱えるほど強くなる。
和泉守兼定　…哀しみ…だが…彼はそれを語ろうとしない…。
蜂須賀虎徹　…。
　　　　　　…俺にはわからないんだ…長曽祢虎徹という男が。

沈黙。

和泉守兼定　聞いてみりゃいいじゃねえか、長曽祢さん、あんたはなんでそんなに強い、なんでそんなに哀しいんだって。
蜂須賀虎徹　…そんなこと。
和泉守兼定　やってみなくちゃわからねえさ。
蜂須賀虎徹　…。

少し考える蜂須賀虎徹。

蜂須賀虎徹　…和泉守。

和泉守兼定　あん？

蜂須賀虎徹　…助言…感謝する。

　蜂須賀虎徹は頭を下げる。

和泉守兼定　…いや。

　蜂須賀虎徹が歩き出す。

和泉守兼定　そうだ、最後に余計なことを、ひと言だけ言わせてもらうぜ。

蜂須賀虎徹　？

和泉守兼定　…オレから見たら…あんたらよく似てるよ。

　蜂須賀虎徹はたしなめるように、

蜂須賀虎徹　和泉守。

和泉守兼定　（笑）すまんすまん。だが、ほんと、そう思うぜ。

　ふたりは笑顔で見合う。

蜂須賀虎徹　…失礼する。

蜂須賀虎徹がいなくなる。
様子を見守っていた堀川国広が現れる。
堀川国広はニコニコ笑っている。

堀川国広　兼さん。
和泉守兼定　あん？　なんだよ。

堀川国広はニコニコしている。

和泉守兼定　あーもう！　なんだってんだよ！
堀川国広　兼さん。

和泉守兼定はいなくなる。
堀川国広はニコニコしながら追いかける。

夜空に天狼星が輝いている。

【第15場】

慶応四年、江戸、千駄ヶ谷。

近藤と土方がいる。

療養中の沖田がやって来る。

近藤勇 総司、無理をするな。

沖田総司 …せっかく来てくれたんですから。

近藤が沖田を支えて座らせる。

土方歳三 そうだ、これを渡しておく。

土方は石田散薬を渡す。

近藤勇　お、石田散薬か。
沖田総司　…懐かしいですね。

静寂。

沖田がくすくすと笑い出す。

土方歳三　どうした？
沖田総司　その格好…二人とも、まるで侍みたいだ。
土方歳三　まるでも何も、近藤さんも俺も今や立派な侍だよ。
沖田総司　ええ。

静寂。

沖田は空を見上げる。

沖田総司　…今夜は…見えるといいな…。
土方歳三　ん？
沖田総司　天狼星。

近藤勇　…ああ。
土方歳三　ん？
沖田総司　近藤さんから教わったんですよ。
土方歳三　俺ぁ聞いてねえなあ。
沖田総司　…新撰組を結成したばかりの頃…壬生の狼って蔑まれて悔しい思いをしていたとき…近藤さんが…覚えてます？
近藤勇　…ああ。
沖田総司　(沖田は近藤を真似て) 狼？ 上等じゃないか！ 見ろ、総司、あの星を。あの、夜空で一番輝く星は天狼星と言う。俺達もあの星を見習って闇夜を明るく照らす狼になってやろうじゃないか！

むせる沖田。

土方歳三　おい、無理すんな。
沖田総司　…悔しいなあ…あんなに頑張ったのに…今では賊軍扱いだなんて。
土方歳三　…まだ負けたわけじゃねえよ。
沖田総司　…そうですよね。
土方歳三　総司、近藤さんと俺は流山へ向かう。お前も病なんざ早いとこ治しちまってとっとと合流しやがれ。

沖田総司　…わかりました。

　　　　沈黙。

土方歳三　…それじゃあな、総司。
近藤勇　…また来る。
沖田総司　…ええ、また来て下さい。
近藤勇　…。

　　　　近藤は無言で沖田を見つめる。

土方歳三　…近藤さん。
近藤勇　…ああ。

　　　　二人が去って行く。
　　　　沖田を見守っていた大和守安定と加州清光が現れる。

沖田総司　…お二人を侍にすることが出来た…僕の夢は…かなったんだ。

沖田が激しく咳き込む。

大和守安定　……。

沖田がいなくなる。

大和守安定　……。
加州清光　……。

ふたりがいなくなる。

【第16場】

慶応四年四月、下総流山。
長曽祢虎徹が天狼星を眺めている。

♪ M10　見上げるのは

見上げるのは
一つの星
気の遠くなるほどの時をかけて
届いた光
かつての主がそうしたように
今　その光に目を凝らす
俺を選んでくれた
あの人の命が尽きても尚
絶えることなく
降り注ぐ光
俺をどこに導く…？

長曽祢虎徹

蜂須賀虎徹がやって来る。

蜂須賀虎徹　…天狼星。
長曽祢虎徹　…良く知っているな。
蜂須賀虎徹　…太陽の次に、強く輝く星。
長曽祢虎徹　ああ、かつての主がよく眺めていてな。

沈黙。

蜂須賀虎徹　それなのに何故虎徹を名乗り続ける。
長曽祢虎徹　…ああ。
蜂須賀虎徹　…あなたは…自分が虎徹ではないことを知っている。
長曽祢虎徹　なんだ？
蜂須賀虎徹　…聞きたいことがある。

沈黙。

蜂須賀虎徹　…あなたは何故自分のことを語ろうとしない。
長曽祢虎徹　…。
蜂須賀虎徹　…俺にはあなたがわからない…あなたの本心は何処にある。

長曽祢虎徹　…おれの本心など…どうでもいいことだ。
蜂須賀虎徹　…。
長曽祢虎徹　…一つだけ答えられる事がある。
蜂須賀虎徹　…?
長曽祢虎徹　…おれが虎徹を名乗り続けるのはな…。
蜂須賀虎徹　…。
長曽祢虎徹　…おれをそう呼んでくれた人がいたからだ。

♪M11　見上げた高い壁の先

長曽祢虎徹
虎徹として生きること
それが　このおれの忠誠
本物以上に働く
そう　決めた

蜂須賀虎徹
見上げるのは　隔てるのは
一つの星　高すぎる壁

気の遠くなるほどの時をかけて
届いた光
かつての主がそうしたように
今　その光に目を凝らす
おれを選んでくれた
あの人が見上げた星空
その光は
何を…
教えてくれる？

築き上げたのは俺自身
今　隣で一緒に
見上げる星空
高い壁を壊した先には
何がある？
その先には

長・蜂

別空間、流山、新撰組本陣。
近藤が天狼星を見つめている。

近藤勇　…。

土方がやって来る。

土方歳三　何を見てるんだ？　近藤さん。

近藤勇　…ああ、天狼星をな。
土方歳三　ふ～ん。
近藤勇　知ってるか？　トシ、あの星は太陽の次に明るい星なのだそうだ。
土方歳三　ふ～ん、太陽の次。
近藤勇　ああ。

土方はようやく興味を持ち、

土方歳三　…太陽の…次…二番目に明るい星か。
近藤勇　…ああ。

沈黙。

近藤勇　…トシ。
土方歳三　ん？
近藤勇　囲まれちまったなあ。
土方歳三　ああ、この場所を、新撰組終焉の地とするか。
近藤勇　…いや。
土方歳三　ん？

近藤勇　……トシ、お前は逃げろ。
土方歳三　あ？　何言ってんだ、近藤さん。
近藤勇　…俺は…投降する。
土方歳三　おい、近藤さん。
近藤勇　天下の新撰組局長が投降するんだ。敵も囲みを緩めるだろう。
　お前はその隙に逃げろ。
土方歳三　何を言ってやがる！　ふざけんじゃねえぞ！
近藤勇　…トシ、俺はもう決めたんだ。

　　土方は近藤にすがりつき、

土方歳三　…なあ…やめてくれよ…頼むからそんなこと言わねえでくれよ
　…なあ…勝っちゃんよお！

　　近藤は土方の肩に手を置き、

近藤勇　…トシ、俺にとってお前や総司は弟みたいなものだ。
土方歳三　…。
近藤勇　…俺は…お前や総司が…俺より先に死ぬのが耐えられないんだ。

土方歳三　…。
近藤勇　…弟が兄貴より先に死んじゃいけねぇよ。
　　　近藤は土方の肩から手を離し、
近藤勇　新撰組副長土方歳三！
土方歳三　！
近藤勇　…局長からの最後の命令だ……駆け抜けろ。
土方歳三　…！
　　　土方は近藤に背を向け、
土方歳三　…新撰組局長近藤勇！…また な…。
　　　土方は振り返らず駆け出す。
　　　近藤は最後まで見送り、
近藤勇　…ああ、またな。

近藤は天狼星を見上げ、近藤は土方とは逆方向に歩いていく。
様子を見ていた蜂須賀虎徹が現れる。

蜂須賀虎徹 …これが新撰組…これが近藤勇…あのひとの…かつての主か…。

堀川国広が駆け込んで来る。
刀剣男士達が集まる。

堀川国広 敵の次の狙いが判明しました！
蜂須賀虎徹 場所は？
堀川国広 ……板橋です。
蜂須賀虎徹 板橋？
堀川国広 …はい。
蜂須賀虎徹 板橋で何が？

刀剣男士達は長曽祢虎徹を気遣って言葉が出ない。

長曽祢虎徹　…板橋は…近藤勇が処刑された場所だ。
蜂須賀虎徹　…え。
長曽祢虎徹　…行こう。
蜂須賀虎徹　待て！　いいのか？
長曽祢虎徹　…いいのか、とは？
蜂須賀虎徹　かつての主が処刑されるんだぞ。
長曽祢虎徹　…敵は歴史を変えようとしている…ならば、それを斬る…それだけだ。

長曽祢虎徹がいなくなる。

加州清光、大和守安定、堀川国広が追いかける。

和泉守兼定　…哀しいなあ。
蜂須賀虎徹　…くっ。

蜂須賀虎徹、和泉守兼定が追いかける。

【第17場】

慶応四年四月、江戸、千駄ヶ谷。

沖田がいる。

柱にもたれかかり、咳き込む沖田。

沖田総司　…全く…近藤さんも土方さんも酷いな

…また来るって約束したのに…。

黒猫が現れる。

沖田総司　…あれ…猫だ…。

沖田の視線は猫を追っている。

沖田総司　…ごめんな…お前とは遊んであげられそうも無いや…。

不穏な空気が漂う。

猫　…ふふふ。

沖田総司　…誰？

猫　…沖田総司。

沖田総司　…猫が？　喋った？

猫　…ふふふふ…はははははは。

沖田総司　…やれやれ…流石に化け猫を斬るのは初めてだな。

沖田が刀を抜いて立ち上がる。

沖田総司　！

喀血する沖田。

猫　ふふふふ…ははは…。

沖田総司　…猫にまで笑われるなんて…いよいよかな。

猫　…近藤さんが処刑されますよ。

沖田総司　…え？

猫　捕まったんです。まもなく板橋で処刑されます。
沖田総司　…そんな。

沖田は立ち上がろうとするが倒れてしまう。

猫　あら、随分弱っちゃってますねえ。
沖田総司　…近藤さん。
猫　そんな体じゃ間に合いそうもありませんねえ。
沖田総司　…近藤さん！

這いずる沖田。

猫　情けない人だ。あなたは、近藤勇が、処刑されるというのに、立ち上がることさえ出来やしない。
沖田総司　…近藤さん…近藤さん！
猫　…力を貸してあげましょうか。
沖田総司　…？
猫　…僕なら…あなたに力を与えることが出来ますよ。

沖田の刀に禍々しいモノが入り込み、表情が変わる。

沖田総司　……待っていて下さい、近藤さん。

よろめきながらも板橋へ向かう沖田。

黒猫が菊紋の形に変わる。

菊紋は闇に溶けて消える。

【第18場】

慶応四年四月二十五日、板橋。

目隠しをされ、縛られている近藤。

長曽祢虎徹が現れ、近藤を見つめる。

刀剣男士達が現れる。

長曽祢虎徹　くっ。

長曽祢虎徹は近藤を一瞥して目をそらす。

大和守安定　…長曽祢さん。

蜂須賀虎徹は長曽祢虎徹の様子を気にする。

長曽祢虎徹　油断するな。敵がどこに潜んでいるかわからんぞ。

堀川国広が気配を察する。

堀川国広　…来る。

警戒する刀剣男士達。

大量の時間遡行軍が現れる。

大和守安定 …出てきやがったな。
蜂須賀虎徹 一斉攻撃！

「応！」と返し、一斉攻撃。

一度離れる。

加州清光 …数が…多いな。
長曽祢虎徹 …押し通す！

長曽祢虎徹が向かって行こうとし、隙が生まれる。

蜂須賀虎徹 ！

蜂須賀虎徹が身を挺して長曽祢虎徹を守る。

長曽祢虎徹 蜂須賀！

蜂須賀虎徹　…大丈夫…効いてない！

長曽祢虎徹が蜂須賀虎徹に駆け寄る。

蜂須賀虎徹　…これで、貸し借り無しです。
長曽祢虎徹　…立てるか？
蜂須賀虎徹　心配は御無用。

ふたりは背中合わせで構え、

長曽祢虎徹　…行くぞ。
蜂須賀虎徹　…どうぞ御勝手に。

ふたりが連携して斬りかかる。
息がぴったり合っている。

堀川国広　凄い。
和泉守兼定　オレ達も行くぞ！
堀川国広　はい！　兼さん！

それぞれの連携攻撃が始まる。

和泉守兼定　そらっ、目潰しだ。
堀川国広　悪い、僕も結構邪道でね。
加州清光　行こうか。
大和守安定　ああ！
加州清光　おらおらおらっ！
大和守安定　おらおらおらっ！首落ちて死ね！

時間遡行軍を駆逐する。

静寂。

近藤が今にも処刑されそうになっている。
目をそらす長曽祢虎徹。
沖田が現れる。

加州清光　あれは…。
大和守安定　沖田…くん？
沖田総司　近藤さん…遅くなってすみません。
大和守安定　沖田くん！　どうして…。
沖田総司　…逃げて下さい。
近藤勇　総司…。

沖田は近藤の縄を解く。

近藤勇　総司…お前。

沖田が刀剣男士達の前に立ち塞がる。

沖田総司　…逃げて下さい。

動揺する刀剣男士達。

加州清光　…なんだよこれ…どうすりゃいいんだよ。

沖田と対峙する刀剣男士達。

大和守安定　……くっ。

まともに向き合うことが出来ない。

近藤勇　総司……。

沖田総司　…近藤さんを…守らなきゃ…近藤さんを…それが…僕の…新撰組の…。

大和守安定　…沖田くん…。

沖田は咳き込み倒れる。

大和守安定　…沖田くん…もういいんだって…新撰組の魂は…志は…沖田くんの思いは…ずっと…ずっと…受け継がれていくから…だから…だから…もう…戦わなくていいんだ…。

沖田総司　…近藤さんを…守らなきゃ…。

大和守安定　…沖田くん。

沖田は大和守安定を突き飛ばし、近藤の元に駆け寄る。

沖田総司 近藤さん、何やってるんですか。早く逃げてください。

加州清光 沖田くん‼

沖田は加州清光に斬りかかる。

大和守安定 沖田くん‼

沖田は大和守安定に斬りかかるが、近藤が体を張ってそれを止める。

近藤勇 …総司！ もういい！ もういいんだ！ お前は充分戦った！ 俺達は充分戦ったんだ！ だからもうこれ以上苦しむな！

沖田総司 …近藤さん…でも…。

近藤勇 …いいんだ…向こうで…一緒にトシを待とう。

沖田総司 …はは…あの人おっちょこちょいだからなあ…うっかり長生きしちゃうかもしれませんよ…そしたら僕達…待ちぼうけだ。

近藤勇 ふふ…剣術の稽古でもしながら待てばいいさ。

沖田総司 …それはいいなあ…昔みたいだ…。

近藤勇　…ああ。

沖田が咳き込む。
近藤は沖田を抱きかかえ、

近藤勇　…無茶しやがって…少し寝てろ。
沖田総司　…はい。

沖田が意識を失う。

近藤勇　…奥沢君？　生きていたのか？
大和守安定　…。
近藤勇　…なんだか事情があるみたいだな…まあいい、こいつを…千駄ヶ谷に連れて行ってやってくれないか？　もう長くはないだろうが…。
大和守安定　…はい。

加州清光が沖田に駆け寄り支える。
長曽祢虎徹と近藤の目が合う。

近藤勇　…なんだか何処かで会ったことがあるような気がしてならないのだが。
長曽祢虎徹　…。
近藤勇　…さて。

近藤は座り、

近藤勇　…頼みがある。
長曽祢虎徹　…？
近藤勇　この首を…落として頂きたい。

動揺する刀剣男士達。

堀川国広　…そんな…。
和泉守兼定　…仕方ねえよ…これが歴史だ。

沈黙。

抜刀する長曽祢虎徹。

堀川国広　…長曽祢さん。
長曽祢虎徹　…一つ…お伺いしてもよろしいですか。
近藤勇　なにかな？
長曽祢虎徹　…あなたは…なぜ戦うことをやめてしまわれたのですか。
近藤勇　…。
長曽祢虎徹　…あなたなら…あなたの力なら…まだ戦うことが出来たはずだ。
近藤勇　…。
長曽祢虎徹　…それなのにあなたは…。
近藤勇　誤解をするな。
長曽祢虎徹　…？
近藤勇　…俺が…俺達新撰組が戦っていたのは後の世のため…
そのためならば己の命など惜しくは無い。
長曽祢虎徹　…。
近藤勇　…己の命を託す者…俺にとっては…それがトシだった…それだけのことだ。
長曽祢虎徹　…。
近藤勇　…これが…新撰組の戦いかただ！

言葉も無い刀剣男士達。

近藤勇　俺からも一つ、良いかな？
長曽祢虎徹　…？
近藤勇　…新撰組は…後の世で…どのように？

驚く刀剣男士達。

近藤勇　…ふふ、やはりな。

笑みを浮かべる近藤。
言葉を振り絞る長曽祢虎徹。

長曽祢虎徹　…月の無い…闇夜を照らす…ひとすじの希望の光として
…輝いております。

近藤はさわやかな笑み浮かべ、

近藤勇　やってくれ。

長曽祢虎徹は刀を振り上げ、

長曽祢虎徹　うおおおおおおおおおおおおおおおおおおおお！

刀剣男士達は目をそむける。

蜂須賀虎徹　！

長曽祢虎徹を殴り飛ばす蜂須賀虎徹。

長曽祢虎徹　！
蜂須賀虎徹　…あなたのことが嫌いな理由がようやくわかった気がします…。
長曽祢虎徹　…。

蜂須賀虎徹は力無く微笑み、

蜂須賀虎徹　……何もかもひとりで抱え込もうとする
……あなたのそういうところが嫌いなんです……。
長曽祢虎徹　…。
蜂須賀虎徹　…ずっとひとりで抱えてきたんでしょう…ずっとひとりで苦しん

長曽祢虎徹　できたんでしょう…だったらもう……見なくたっていいんだ。

蜂須賀虎徹　…。

長曽祢虎徹が崩れ落ちる。

蜂須賀虎徹が刀を振り上げる。

蜂須賀虎徹　…御免！

刀が振り下ろされる。

暗転。

【エピローグ】

本丸、内番。

加州清光と大和守安定が対峙するように現れる。

相変わらず鏡のように同じ打ち込み。

ふたりが離れる。

大和守安定　いや〜、久しぶりに沖田くんの剣技を見たからな〜。
加州清光　より磨きがかかっちゃったよね〜。
大和守安定　よ〜し、今度は畑仕事で勝負だ。
加州清光　任せちゃっていい？　俺、汚れる仕事嫌いだし一？
大和守安定　こら、さぼるんじゃない。

等々語りながらいなくなる。
長曽祢虎徹と蜂須賀虎徹が現れる。

長曽祢虎徹　…蜂須賀。
蜂須賀虎徹　？
長曽祢虎徹　…あー…んー…その…なんだ…。

はにかみながら言葉を探す長曽祢虎徹。

蜂須賀虎徹　？
長曽祢虎徹　…手合せを…頼んでもいいか？
蜂須賀虎徹　…ええ。

互いに構える。
長曽祢虎徹が打ち込む。
蜂須賀虎徹は全て受け流す。
双方一度離れる。

蜂須賀虎徹　行きますよ。
長曽祢虎徹　ああ。

蜂須賀虎徹が打ち込む。
長曽祢虎徹が全て受け流す。
離れる。

長曽祢虎徹　……。
蜂須賀虎徹　……。

互いに笑顔を浮かべている。
打ち合いが始まる。

互角の腕前。

互いに離れる。
互いに笑顔で、

蜂須賀虎徹　勘違いしないで欲しい。あなたのことを兄だと認めたわけではない。
長曽祢虎徹　ああ、わかってる。

互いに背を向けて歩き出す。
蜂須賀虎徹が去る。

長曽祢虎徹も微笑みを浮かべながら去る。

堀川国広はニコニコしながら和泉守兼定を見つめている。

堀川国広　…ふふ、良かったね、兼さん。
和泉守兼定　ま、一歩前進ってところだな。

和泉守兼定は空を見上げる。
天狼星が輝いている。

堀川国広　…？
和泉守兼定　…天狼星…か。
堀川国広　あ、そう言えば知ってる？　兼さん。天狼星って実は二つあるんだって。
和泉守兼定　あん？　どういうこった。
堀川国広　肉眼では一つに見えるんだけど、よく見ると隣に目には見えないほど暗くて小さな星があるんだって。
和泉守兼定　へぇ、二つで一つの星ねぇ。
堀川国広　うん。
和泉守兼定　…差し向かう心は清き水鏡…か。
堀川国広　？
和泉守兼定　…いるんだよ、きっと…誰にでも…そういう相手が。

堀川国広はニコニコしながら和泉守兼定を見ている。

和泉守兼定　ん？　どした？

堀川国広　ううん、なんでも。

和泉守兼定　？　よし…行くか、国広。

堀川国広　はい！　兼さん！

♪M12　ひとひらの風

全員　ひとひらの風　頬にそよいで
肩を並べ歩く　坂道
懐かしき日々　忘れられぬ遠い空
浅葱《あさぎ》に雲が浮かんでいた

和泉守兼定　残り香　花心　夜の静寂《しじま》

堀川国広　あなたの姿を捜した

蜂須賀虎徹　埋《うず》み火　朧月　夜の帳《とばり》
長曽祢虎徹　儚い夢と知りつつ
加州清光　天霧《あまぎ》るとも晴れやかな
大和守安定　あなたの笑顔が弾けて
全員　ひとひらの風　頬にそよいで
夢を語り合った　畦道《あぜ》
帰らない日々　でも今もあの日の声
凪に紛れて　胸に沁みる

（間奏）

蜂須賀虎徹　澄み渡る空　緑滴る
和泉守兼定　新しきこの時代に
大和守安定　せめて願い叶うなら
長曽祢虎徹　ともに野を駆ける

堀川国広　ひとひらの風　頬にそよいで

加州清光

望み焦がれた　彼の地何処《いずこ》
伸ばしたこの手　あと少しで届くのに
叶わぬ想い

全員

ひとひらの風　頬にそよいで
肩を並べ歩く　坂道
懐かしき日々　忘れられぬ遠い空
浅葱に雲が浮かんでいた

幕

本作は、２０１６年９月24日～２０１７年１月15日に上演されたミュージカル『刀剣乱舞』～幕末天狼傳～の上演台本を元に戯曲として加筆・修正等の再構成をしたものです。

実際の上演とは、多少異なる部分がございますので、ご了承ください。

また、一部台詞は原案ゲームより引用したものです。

脚本・御笠ノ忠次×演出・茅野イサム特別対談

――「幕末天狼傳」は「阿津賀志山異聞」に続いて刀ミュ第二弾として制作されました。当時を振り返っていかがですか？

茅野(以下、茅) 「幕末天狼傳」は、たしか最初は堀川国広が隊長だったよね？

御笠ノ(以下、御) そうでしたっけ？自分が書いたものはどんどん上書きしていくので忘れることも多くて…(笑)。

茅 大和守安定が新撰組の隊士になって潜入するという話ではなく、前作の「阿津賀志山異聞」を引きずる形というか、刀に感応してしまった人間が堕ちていく、という構成になっていたんですよ。だから幕末の歴史上の人物が他にも色々登場していたと思います。

御 あー、そうだ。清河八郎や芹沢鴨が出てきたり、吉田稔麿がラスボスだったんですよね。

茅 そう。刀に魅入られておかしくなってしまった人間と戦う、という構造だったんですよ。だから最終的な形とは全然違う展開でしたね。

御 どういう経緯で変遷していったかは定かではないですが、脚本が出来てないタイミングで副題を決めなければいけなくなり、天狼星の存在と結びつけた「幕末天狼傳」という副題を脚本完成よりも前に決めたことは覚えています。モチーフが先にあって話がどんどん変わっていきました。

――脚本はどのくらい改稿されるものなんですか？

御　作品によって違いますが、一番多いもので二十何稿とあった気はします。

茅　確か一番難航したのは「幕末天狼傳」じゃないかな。なかなか着地点が見つからなかった気がする。「三百年の子守唄」は第二稿くらいのタイミングでほぼ形は出来ていたから。

御　そうですね。特に蜂須賀虎徹の立ち回りが中々難しく、キャラクターの理解度も足りていなかったので、その微妙なさじ加減が大変でしたね。「幕末天狼傳」は長曽祢と蜂須賀の関係や、その他にもかなり微妙な感情のやり取りが多くありましたから。一方で、原案ゲームの関係性を進めすぎてはいけない部分も当然ありますからね。二人の和解を描く、というのが物語としては一番わかりやすいし、僕としてもその方向で書いてしまっていたので、その按配が非常に難しかったです。近藤勇の最期の部分についても、そこに至るまでの微妙な感情の揺れを捉えるまでが非常に時間がかかりましたね。

茅　最後に誰が斬るかも当初とは違っていたよね。

御　二転三転した気はしますね。それとは別軸で沖田総司についての物語もあり、そちらはそちらで難しさもあったり。

茅　実は「阿津賀志山異聞」の時点で、次は新撰組をやるぞというのは決まっていたんですよね。とにかく第二弾をすぐに効果的に発表したいということで、「阿津賀志山異聞」の千秋楽の時に、新刀剣男士を舞台上に登場させることになったんです。だから色々と急ピッチで進めていきましたね。衣裳も曲も用意して…。

御　客席はとんでもない空気になっていましたね。千秋楽の余韻をすべて壊す形で新刀剣男士が出てくるわけですから(笑)出ていく新刀剣男士の俳優たちも大変だったと思います。

茅　二作目は特に重要になると思っていましたね。

御　刀剣男士の選定としては、新撰組の五振りが最初に決まっていて、そこにあと一振り、誰を追加するについては議論があって、最初は陸奥守吉行にしようという話になっていました。ただ、新撰組と坂本竜馬では同時代だけど近くて遠い存在なので、それで物語を作るのは難しいと僕が主張して、その時に茅野さんがぼそっと「長曽祢と蜂須賀の兄弟の話が見たいな」とつぶやかれたんです。それが決め手になったわけですが、変な話、蜂須賀がいなければ、シンプルな新撰組の物語には出来るんですけど、そこに蜂須賀が加わることによってあの絶妙なバランスのドラマが出来上がったんだと思います。

——それではテーマ自体もかなり変化していったんですね。

御　僕も六振りが決まった段階では物語が浮かんでいるわけではないんですよ。ただ「何かが掴まえられそう」という予感だけがあって。感覚的に、陸奥守吉行だと無理だろうなという感触はありました。茅野さんの思いというか、その場に物語を見たがっている人がいるとわかった時に「いけそうだな」となる瞬間があるんです。

茅　僕自身も弟と仲が悪いんだよ（笑）。

御　え！　なるほど（笑）。そういう思いが乗るんですよね、たぶん。結構そうした思いを受け止められるかどうかは僕にとっては重要で、お金が動くかどうかみたいなビジネス的な理由だと絶対に駄目なんですよね。「幕末天狼傳」はそこが上手くはまったんだと思います。第五弾の「結びの響、始まりの音」でも長曽祢虎徹は登場する訳ですが、演じた伊万里有がすごく成長していて驚きました。時系列でいえば当然、「結びの響、始まりの音」に登場する長曽祢虎徹は「幕末天狼傳」の物語を経て成長したキャラクターになっている訳なので、その成長部分も含めて俳優とキャラクターがシンクロしていたのが面白かったです。

茅　これだけシリーズが長くなるとそういうことも多くて面白いよね。

御　それを一番立証しているのは、今剣役の大平峻也だと思います。最初に出会った時にはこれほどの存在になるとは思ってもいませんでした。

茅　最初は「よりもと、よりもと」って言ってたくらいだからね（笑）。

御　そういう姿を見ていると、人間って成長するんだなと思いますし、茅野さんの凄さも実感します。きちんと俳優と向き合っているのが偉いなと思います。

茅　「幕末天狼傳」は再演をしていないので、いつか絶対再演したいね。

御　ぜひ再演したいですね。自分で観ていて泣いてしまったからな…。「幕末天狼傳」になってからは、史実とより密接になり、歴史の話を織り込めるようになったのが大きく違っていましたね。

茅　二作目にしてファンタジーではなくなったからね。

御　時代的に現代と近いので嘘をつける部分が多くはないので、そうなったんだと思います。だから第二弾の「幕末天狼傳」と第五弾の「結びの響、始まりの音」の二作は他の作品と比べても異質ですね。きちんと歴史を踏まえつつ、新解釈も織り込んだ上で、ちゃんと刀剣男士が活躍する物語になっていると思います。僕自身、幕末という時代がとても好きなので、それをちゃんと形に出来たというのは嬉しいことでしたね。これまで新撰組を題材にした作品とも違う、新しい近藤勇像をちゃんと描けたとも思います。

上演記録

【公演期間】
東京　２０１６年９月24日(土)〜
10月10日(月・祝)
於AiiA 2.5 Theater Tokyo
福岡　２０１６年10月15日(土)〜10月16日(日)
於キャナルシティ劇場
大阪　２０１６年10月21日(金)〜10月30日(日)
於サンケイホールブリーゼ
東京凱旋
２０１６年11月17日(木)〜11月27日(日)
於AiiA 2.5 Theater Tokyo
上海　２０１７年１月13日(金)〜１月15日(日)
於虹橋芸術中心

【原案】「刀剣乱舞-ONLINE-」より
(DMM GAMES/Nitroplus)
【演出】茅野イサム
【脚本】御笠ノ忠次
【振付】TETSUHARU
【主催】ミュージカル『刀剣乱舞』製作委員会
(ネルケプランニング ニトロプラス DMM GAMES ユークリッド・エージェンシー)
【上海公演企画製作】
ミュージカル『刀剣乱舞』製作委員会
【上海公演主催】
上海奈尔可演艺有限公司　永乐演艺

加州清光役　佐藤流司
大和守安定役　鳥越裕貴
和泉守兼定役　有澤樟太郎
堀川国広役　小越勇輝
蜂須賀虎徹役　高橋健介
長曽祢虎徹役　伊万里 有
近藤 勇役　郷本直也
土方歳三役　高木トモユキ
沖田総司役　栩原楽人
栗原功平　伊与田良彦　岩崎大輔　岡部真大
岡本 篁　金光将志　北村真一郎　木本 雄
黒飛雄大　笹原英作　佐藤一輝　田内季宇
伊達康浩　名嘉高志　林 瑞貴　前川孟論
桝谷昂洸　柳原 凛

【音楽監督】YOSHIZUMI
【作詞】茅野イサム　浅井さやか(One on One)
【美術】金井勇一郎(金井大道具)
【殺陣】清水大輔(和太刀)
【照明】林 順之(ASG)
【音響】山本浩一(エス・シー・アライアンス)
【音響効果】青木タクヘイ(ステージオフィス)
【映像】石田 肇　横山 翼
【衣裳】小原敏博
【ヘアメイク】糸川智文
【ライブ衣裳】農本美希(エレメンツ、アッシュ)
【電飾】小田桐秀一(イルミカ東京)
【小道具】田中正史(アトリエ・カオス)
【歌唱指導】カサノボー晃
【太鼓指導】東京打撃団
【演出助手】池田泰子
【舞台監督】瀧原寿子　土門眞哉
【音楽制作】ユークリッド・エージェンシー
【宣伝美術】江口伸二郎
【宣伝写真】三宅祐介
【協力】一般社団法人日本2.5次元ミュージカル協会
【制作協力】S-SIZE
【制作】ネルケプランニング
【プロデューサー】松田 誠　でじたろう

ヤングジャンプ特別編集

戯曲 ミュージカル『刀剣乱舞』

―幕末天狼傳―

発行日
2019年7月23日［第1刷発行］

著者
御笠ノ忠次

原案
「刀剣乱舞-ONLINE-」より(DMM GAMES/Nitroplus)

企画・編集
週刊ヤングジャンプ編集部

編集協力
杉山良　北奈櫻子

監修
ミュージカル『刀剣乱舞』製作委員会

装丁
シマダヒデアキ　末久知佳（L.S.D.）

発行人
田中純

発行所
株式会社 集英社
〒101-8050 東京都千代田区一ツ橋2丁目5番10号
電話＝編集部：03-3230-6222
販売部：03-3230-6393（書店専用）
読者係：03-3230-6076

印刷所
図書印刷株式会社

製本
株式会社ブックアート

JASRAC 出 1906691-901　ISBN 978-4-08-780878-0 C0074

この作品はフィクションです。実在の人物・団体・事件などには、いっさい関係ありません。